다부치
요시오,

숲에서
생활하다

Original Japanese title: MORI KARANO DENGON
© 2017 Yoshio Tabuchi
Original Japanese edition published by Neko Publishing Co., Ltd.
Korean translation rights arranged with Neko Publishing Co., Ltd.
through the English Agency (Japan) Ltd. and Danny Hong Agency.
Korean translation copyright © 2018 by EIJI21, Inc.

퇴행적 진화론과 간소한 삶이 주는 행복

다부치
요시오,

숲에서
생활하다

다부치 요시오 지음
김경원 옮김

에이지21

제
1
화

선인의 도구, 장작 스토브

장작 스토브를 때면서 살고 싶은 마음에 이곳 추운 산으로 찾아들었다. 가을이었고 날씨도 좋았다. 물참나무의 파란 도토리가 떨어져 갓 지어올린 빨간 새 토탄 지붕 위를 도르르 굴러다녔다.

　다부치는 도쿄의 변두리 동네에서 석유 장사하는 집 천덕꾸러기로 자랐다. 가업은 형님이 이어받았다. 다부치는 석유 냄새가 싫었다. 다부치는 곤충 채집과 산길 산책을 좋아했다. 고등학교 2학년 여름에 기타야쓰가타케北八ヶ岳를 종주했다. 그때 머물렀던 미도리이케綠池 호수 근처의 '시라비소고야シラビソ小屋' 산장에서 장작 스토브라는 존재에 눈을 떴다. 8월인데도 산장의 굴뚝에서는 장작 스토브의 보랏빛 연기가 옆으로 길게 뻗어 나왔다. 스토브 위에는 물이 끓고 있었다.

　"바로 이거야! 장작 스토브! 이렇게 멋질 수가! 산에 있는 나무를 때는구나." 석유 가게의 아이가 보기에 엄청난 문화 충격이었다. 장작 스토브가 뿜어내는 연기에서 코끝을 간질이는 구수한 냄새가 났다.

그때부터 '언젠가는 장작 스토브를 때며 산에 사는 것'이 어릴 적 꿈이었다.

시라비소고야 산장은 지금도 그곳에 있고, 굴뚝은 1년 내내 보랏빛 연기를 옆으로 길게 뿜어내고 있다.

화석 연료가 우리 문명의 운명을 좌지우지하고 있다. 지구의 역사가 2천만 년 걸려 만들어온 석유를 우리는 단 200년 만에 모조리 써버리려고 한다.

'페트롤리엄petroleum'을 왜 석유라고 부르는지 아는가? 영어로는 'rock oil' 또는 'coal oil'이라고 부른다. 페트롤리엄은 사암처럼 기포가 풍부한 무르고 여린 바위에 스며들어 있는 기름이기 때문에 '석유'라고 부른다. 유전에서 석유를 뽑아 올리기 위해서는 다량의 물을 땅속에 쏟아부어야 한다. 그러면 비중이 가벼운 원유가 돌과 분리되어 위로 떠오르고, 그것을 펌프로 뽑아 올린다.

석유를 형성한 근원은 아주 얕은 바다에서 대규모로 번식한 해초류의 사체가 액체 상태로 가라앉은 화석이라고 한다. '석유 벌레라고 불러도 되는 플랑크톤 같은 생물의 액상 화석이 아닐까' 하고 나는 생각해본다. 굉장히 기름진 녀석이었을 것이다.

석탄은 고생대 석탄기(3억 5천만 년 전)에 다량으로 형성된 식물의 유해를 말한다. 그것은 속새류, 풀고사리류, 석송류의 화석이다. 이들 식물은 늪이나 습지에서 왕성하게 번식했다. 이후 기후 변화로 맹렬한 회오리가 몰아치는 바람에 나무들은 맥없이 쓰러졌다. 억수같이 내리는 세찬 비가 이어졌다. 지표면은 물에 잠겼다. 나무들은 물속으로 가라앉았다. 처참한 지각 변동이 있었다. 땅속에 매몰된 나무들의 사체는 엄청난 압력에 눌리고 단단해져 석탄이 되었다.

석유와 석탄의 소재가 번식한 시대는 물가도 육지도 독으로 가득 차 있었다. 석유와 석탄의 소재가 되는 생물은 독을 흡수해 땅속에 봉인한 화석이라고 볼 수 있다. 석탄기에는 지표면도 물가도 깨끗하게 정화되었다. 그래서 석탄기 이후 페름기(2억 7천만 년 전)에 들어와 파충류가 탄생하고 공룡 시대를 맞이한다.

화석 연료를 부주의하게 태우거나 남용하면 전 지구에 대규모 환경오염을 일으킨다. 독이 있는 화석을 파내거나 뽑아 올려 이용하기 때문이다.

후대의 역사가와 지질학자, 생물학자는 근래 수백 년을 '화석 연료 시대'라고 정의할 것이다. 그리고 화석 연료를 사용하는 우리를 가리켜 '땅속에 봉인해둔 지구의 독을 대청소하고 있다'고 할 것이다.

지구의 신이 재촉하는 듯하다. '어이쿠, 실은 우리더러 독을 청소하라는 뜻이었구나!' 인류가 이렇게 깨닫기 전에 화석 연료를 고갈시켜 버리고 싶은 것이다.

자, 그러면 원자력 발전은 어떨까?

원자력 발전 문제의 핵심은 사용하고 난 핵연료를 어떻게 처리하느냐이다. 10만 년을 지나야 무해해진다고 하는데, 그것을 도대체 어디에 봉인해두느냐는 것이다. 지구상에 존재한 생명의 역사로 보면 10만 년은 찰나일 뿐이다. 그러나 인류의 역사로 보면 10만 년은 범인류적인 시간이다.

핵탄두와 원자력 발전은 일란성 쌍둥이다. 이 세상에 '상상력의 결여'로서 존재할 따름이다.

창피하게도 우리 집에는 여섯 대의 장작 스토브가 있다.

거실에는 버몬트 캐스팅Vermont Castings사에서 만든 '앙코르 레드ENCORE RED'가 있다. 25년 동안 애용하는 우리 집의 주력 기종이다.

아내의 사무실 겸 응접실에는 소형 '인트레피드INTREPID'가 있고, 목공실에는 중형 '레졸루트RESOLUTE'가 있다.

또 부엌에는 장작을 때는 쿡 스토브가 있다. 오븐과 온실, 급탕 탱크를 내장한 뛰어난 물건이다. 이것은 스웨덴의 허스크바나Husqvarna가 생산한 제품이다. 이 스토브는 30년 전에 생산이 중지되고 말았는데 지금은 다들 이 스토브를 부러워한다.

그리고 마당에 있는 손님용 오두막에는 '앙코르 레드', 돌로 만든 작은 목욕탕에는 장작을 때서 물을 끓이는 목욕 가마가 있다.

나는 열렬한 장작 스토브 애호가임을 자처한다. 장작 스토브의 실천적 연구자일 뿐 아니라 장작 스토브의 선전자propagandist이기도 하다. 장작 스토브에 흥미가 있다면 내게 연락을 달라. 그러면 당신은 일본 제일의 스토브 애호가에게 친절한 도움말을 구할 수 있을 것이다.

Sense of place. 자기가 사는 토지와 그곳의 풍토가 감수성과 가치관에 지대한 영향을 미친다. 도시에는 도시 사람의 감각이 있고, 산에는 산 사람의 감각이 있다.

푸르른 산과 뜰에 심은 나무에 둘러싸여 살다 보면 장작 스토브야말로 가장 뛰어난 에너지라는 생각이 든다. 장작은 지속가능한 에너지라고 하겠다.

장작 스토브를 때면서 추운 산의 겨울을 서른한 번 지내고 보니 장작 스토브와 장작 에너지를 신뢰하는 마음이 굳건해졌다. 이 확신은 이제 '신앙'의 차원에 이르고 있다.

장작 스토브의 정체를 알고 싶다면 스스로 장작을 패고, 말리고, 나르고, 장작 스토브를 때며 지내는 겨울의 횟수를 헤아려보는 수밖에 없다.

장작 스토브는 내게 아주 편리한 도구다. 전기 장치의 편리함과는 정반대의 편리성이다.

미국제 장작 절단기의 엔진을 걸어
매끈하게 장작을 자르고 있는 다부치

모터사이클과 사슬톱

장작은 핸드 메이드 에너지이다. 먼저 원목의 나무줄기 몸통을 휴대용 동력 사슬톱chain saw으로 둥글게 자른다. 그것을 적당한 크기로 팬 다음 쌓아올려 자연 건조시킨다. 막 벌채한 나무는 중량의 50 퍼센트가 수분이다. 장작은 최소한 8개월, 이상적으로는 1년 이상 바람이 잘 통하는 곳에 쌓아올려 건조시켜야 한다.

휴대용 동력 사슬톱을 휘두르기 시작하면서 좋아하던 모터사이클을 손에서 놓아 버렸다. 휴대용 동력 사슬톱과 모터사이클은 어딘가 닮아 있다. 둘 다 야성적이고 반항적이다. 방심하면 위험한 도구가 되기도 한다. 그런데 나의 BSA 500cc 단기통은 강력한 미제 엔진을 장착하고 장작 자르는 기계가 되었다.

이 밖에도 크고 작은 휴대용 동력 사슬톱이 세 개 있다. 내가 사랑하는 기종은 25년 전에 구입한 허스크바나의 제품이다. 모터사이클 제조회사가 제작한 휴대용 사슬톱이다.

장작 스토브의 미덕은 '전기가 필요 없다'는 점이다. 장작 스토브는 자립적이다. 그렇다. 전기가 없어도, 가스가 없어도, 석유가 없어도 제법 안락하게 살아가게 해주는 도구, 그것이 바로 장작 스토브이다.

정말 좋지 않은가! 얼마나 멋진 물건이란 말인가! 장작 스토브는 아나르코anarcho(아나키)한 도구다. 장작 스토브에는 '자유'가 있다.

새롭게 만든 포치,
장작을 이곳에 쌓아둔다

그래서 장작 스토브는 즐겁다. 장작 스토브 앞에서는 미소가 떠오른다. Anarcho Mountaineers, 즉 무정부주의의 산 사나이는 장작 스토브를 사랑한다.

현대의 장작 스토브는 꽤 첨단기술의 산물로 존재한다. 1980년대 미국에서는 장작 스토브의 배기가스를 규제했다. 승용차에 버금가는 엄격한 배기가스 규제였다. 그 때문에 장작 스토브의 연소 효율은 비약적으로 높아졌다. 내뿜는 연기도 깨끗해졌다.

장작 스토브는 친환경적이고 경제적이다. 장작 스토브의 연통에서는 이산화탄소가 나온다. 그러나 광합성에 의해 나무가 대기 중의 이산화탄소를 탄소로 생성할 때 드는 이산화탄소의 양을 넘지는 않는다. 따라서 장작 스토브가 배출하는 이산화탄소는 제로에 가깝다.

인생은 은미하게 즐겨야 하는 법

여러분, 재미있는 일을 생각해내고 즐거운 일을 벌이자. '오락'의 의미를 철학적metaphysical으로 생각하자. 오락은 중요하다. 오락은 고달프고 쓰라린 이 세상을 떨쳐내는 행위이자 인생의 환희이기도 하다. 저속한 오락은 저속한 인생을 약속할 뿐이다. 재치 있는 오락이 인생을 지혜로운 길로 이끌어준다.

누구나 생활이 나아지기를 바란다. 더욱 쾌적하고 더욱 편한 생활을 원한다. 돈이 있다면 말이다. 그러나 수입은 늘지 않는다. 그렇다면 '생활의 태도와 의식'을 향상시킬 수밖에 없지 않은가!

남는 돈으로는 쓸데없는 물건을 살 수밖에 없는 법이다. 그렇다고 궁티에 절어 있다면 궁상맞기 짝이 없다. 자기한테 필요한 만큼만 돈을 벌자고 마음먹자. 여분의 돈을 벌지 못하는 만큼 인생을 즐기자.

"자연을 경애하라. 인생은 장작 스토브를 때면서 은미隱微하게 즐겨야 하는 법이다." 이것이 한산寒山에 사는 신선이 전해주는 메시지이다.

25년간 애용하고 있는 장작 스토브

제
2
화

무엇이나 만들 수 있는 소소한 산속 공방

1982년 10월 도쿄의 구니타치国立를 떠나 이 마을 동구 밖에 자리한 잡목림으로 이사 왔다. 헨리 데이비스 소로Henry David Thoreau의 〈월든Walden 숲의 생활〉을 읽었다. 나는 이 책에 흠뻑 빠져들었고 소로의 우주에 감염당했다. 그러다가 끝내 이리로 찾아들고 말았다.

소로는 반문화 인텔리겐치아 히피counter-culture intelligentsia hippie를 대표하는 고전 아이콘이다. 케임브리지 대학(현 하버드 대학)을 변변치 않은 성적으로 졸업한 그는 졸업식에 참석하지도 않고 그날로 보스턴에서 북쪽으로 30킬로미터 남짓 떨어진 콩코드Concord의 본가까지 걸어갔다. 소로는 보스턴 학생의 1년 치 하숙비를 들여 월든 호숫가에 다섯 평짜리 집을 스스로 짓고 2년 3개월을 살았다. 이때의 체험을 바탕으로 쓴 책이 〈월든〉이다.

소로는 콩코드 연필 가겟집 자식이었다. 다부치는 도쿄 변두리 동네의 석유 가겟집 아들이었다. 나는 언젠가 산에서 장작 스토브를 즐기며 사는 것이 어릴 적 꿈이었다. 먼저 도큐 핸즈Tokyu Hands(일본의 잡화 전문 쇼핑몰-옮긴이) 시부야점에서 대만제 장작 스토브를 샀다. 그것을 구니타치의 셋집 거실에 놓아두고 집을 지을 때를 기다렸다.

장작 스토브와 더불어 산속 생활의 막이 올랐다. 사슬톱과 장작 패는 도끼를 샀다. 장작용 통나무를 사슬톱으로 잘라 두꺼운 판자로 만드는 법을 배웠다. 장작 패는 도끼와 사슬톱으로 둥근 막대기와 네모진 나뭇조각을 만들었다. 나무의 단단함과 숙부드러움, 그리고 촉감과 다정함에 매료되었다. 구니타치 시절부터 목공에 관심이 많았다. 히타치日立의 목공 3종 세트를 사서 나무상자라든지 테이블을 만들었다.

〈월든〉 가운데 '방문자'라는 소제목에는 이런 기술이 나온다.

"이 집에는 세 개의 의자가 있었다. 하나는 고독을 달래기 위해. 두 번째는 우정을 위해. 세 번째는 만남을 위해."

원문은 'I had three chairs in my house'라고 되어 있다.

의자는 인간적인 가구다. 또 의자는 개인적인individual 물건이다. 의자는 언제나 소유주 곁에 바싹 붙어 있다. 의자는 물체적인physical 가구인 동시에 철학적인metaphysical 가구이기도 하다. 인생은 '자신의 의자를 찾아 헤매는 나날'이다.

사회적인 의미에서 의자는 지위status를 나타낸다. 사장의 의자, 국회의원의 의자, 의장의 의자는 글자 그대로 체어맨chairman이다. 그러나 자기 집에서는 의자가 사회적 의미를 띠지 않는다. 집에 돌아가면 평사원이 사장보다 더 맵시 있는 의자에 앉을지도 모른다.

다부치에게 어떤 의자를 주면 좋을까를 생각하는 기특한 사람은 있을 리 없다. 그런 조직도 없다. 그런 의자나 권위를 부정하는 곳에 반문화가 있기 때문이다. 추측컨대 노벨문학상을 받고 밥 딜런Bob Dylan은 당황했을 것이다.

다부치는 자기 의자를 만들기로 작정했다. 소로의 오두막집에 있었던 세 개의 의자는 어떤 것이었을까? 콩코드에 있는 소로 리시움Thoreau Lyceum 뜰에는 그가 살던 오두막집을 본뜬 복제품이 있다. 그곳에는 사무용 책상과 의자 하나가 놓여 있는데 의자는 매우 작고 볼품없었다. '학예원이 건성건성 만든 것'이라고 여기고 싶다. "소로는 자신의 오두막을 혼자 짓고 난로와 연통도 직접 만들었으니까 의자와 테이블쯤이야 당연히 손수 만들었을지도 모르지." 이런 생각이 들기도 했다. 그러나 소로의 의자에는 아무런 단서도 없었다.

"만약 소로가 자기 의자를 스스로 만들었다면 틀림없이 소박한 윈저 체어였을 것이다." 추운 산 잡목림 구석에 조용히 몸을 웅크리고 사슬톱과 도끼를 휘두르다 보니 아주 자연스럽게 그런 생각이 들었다.

사람은 쓰러진 나무나 떠다니는 나무를 걸터앉는 물건으로 사용해왔다. 동굴로 나무를 운반해 이용하는 동안 손을 좀 타면 더욱 걸터앉기 편해진다는 것을 알았다.

의자의 기원은 틀림없이 벤치였을 것이다. 두꺼운 나무판 네 귀통이에 구멍을 뚫었다. 구멍 네 개에 나뭇가지를 꽂아 넣어 벤치를 만들었다. 같은 수법으로 테이블을 만들었다. 목재가 마르면 다리가 휘었을 것이다. 그래도 별 일은 없다. 판자에는 동그란 구멍이 잘 뚫린다. 다리를 돌로 쳐서 판자에 두드려 넣으면 휘뚱거리는 것 정도는 고칠 수 있다.

등받이가 있으면 더 편하게 앉을 수 있겠는데…. 비가 주룩주룩 내리는 심심한 어느 날 어떤 사람이 이런 생각을 했다. 혼자 앉는 의자 *끄트머리*에 15밀리미터쯤 되는 구멍을 열 개 뚫어놓고 곧고 가느다란 가지를 꽂아 넣으면 어떨까? 그리고 예쁘게 궁굴려 깎은 두꺼운 나뭇가지에 의자 바닥 판자와 같은 수의 동그란 구멍을 뚫어 가느다란 가지를 꽂으면 어떨까? 이렇게 해서 만든 의자가 인류 최초의 윈저 체어였다.

지역의 향토자료관에 가면 이와 똑같은 수법으로 만들어진 의자와 사이드 테이블 등 목공품을 볼 수 있을 것이다. 바로 어제까지만 해도 그렇게 만들지 않았던가! 지금도 소박하고 아름다운 목공품이 어딘가에서 누군가의 손에서 태어나고 있다.

소박한 목공품은 한결같이 아늑하다. 그리고 아름답다. 아름다운 것은 옳다. 왜냐하면 소박한 가구나 의자에는 그것을 만든 사람의 기원이 깃들어 있기 때문이다. 가정용의 소박한 도구와 빈약한 지식만으로 뚝딱뚝딱 만든 나의 윈저 체어도 아늑하고 아름다운 물건이다. 아마도 거의 기원의 모습에 가깝게 만들었기 때문일 것이다.

이 얼마나 멋진 윈저 벤치인가!
나의 최고 걸작품이다

Simple is best. 소박素朴하다는 말의 '박朴' 자에는 나무木가 들어 있다. 나무 목木 변 옆의 복卜은 점占을 친다는 뜻이다. 박朴은 자연스럽고 기교에 공들이지 않았다는 뜻이다. 또 후박나무를 가리키기도 한다.

사람들은 소박한 물건을 얕잡아본다. 내가 30년 전에 기도를 담아 만든 원저 벤치는 훌륭하다. 이런 벤치는 두 번 다시 만들 수 없다. 나는 많은 것을 배웠다. 내 공방에는 전문 목공소에서 사용하는 고급 기계와 도구가 즐비하다.

내 입으로 말하기는 쑥스럽지만 이 벤치는 언젠가 미술관에 떡하니 놓여야 한다. 그러나 다부치가 만든 벤치가 모던아트 미술관에 전시되는 일은 없으리라. 왜냐하면 이렇게 아름다운 작품을 전시하면 관람객은 마음과 시선을 모조리 빼앗겨 기존의 모던아트는 거들떠보지도 않을 것이기 때문이다.

세상 사람은 민예나 공예라는 말을 좋아할지도 모른다. 〈다이지센大辞泉〉 사전에 따르면 민예의 풀이는 이러하다. "일반 민중의 생활 속에서 태어난 소박하고 향토색 짙은 실용적인 공예. 민중적인 공예. 다이쇼大正(1912-1926년) 말기 일상생활의 다양한 기구에서 미적인 가치를 발견하고자 이른바 민예운동을 일으킨 야나기 무네요시柳宗悦(일본의 민예 연구가이자 미술 평론가-옮긴이)의 조어." Folk craft는 민예와 같은 뜻이다.

나는 어쩐지 민예라든지 공예물이라는 말이 좋아지지 않는다. 야나기 무네요시의 민예론은 맞는 얘기지만 어쩐지 위에서 내려다보는 시선이다. 과연 그가 목공을 좋아한 나머지 으름덩굴로 바구니를 짠 적이 있을까?

생각건대 소박한 공예품에서 미적인 가치를 발견할 필요는 없다. 그 물건은 하나같이 매우 아름답기 때문이다. 미술품은 미술적인 가치만 특화시킨 사물에 지나지 않는다. 우리는 무슨 까닭인지 삶에 도움이 되지 않는 물건에서 과대한 가치를 찾아내려고 한다.

사람들은 희소한 것에서 가치를 찾는다. 다이아몬드 가루는 공업용 연마제로 가치가 높은 물건이지만, 사람들은 보석의 희소성에서 가치를 본다. 그러나 남아프리카의 지하창고에는 수백 년의 수요를 충당할 원석이 숨겨져 있다.

하버드 대학의 미술관에서 고흐가 그린 〈해바라기〉를 봤다. 멀리 있는 벽에 사람을 잡아끄는 황금빛 그림이 걸려 있었다. 무엇인지 궁금해서 가까이 가봤다. 그것이 바로 고흐가 그린 〈해바라기〉였다. 100만 원으로 살 수 있었다면 추운 산속 집 안 벽에 걸어놓고 싶었다. 회화의 진정한 가치는 대체로 이런 정도다.

난 수집에는 흥미가 없다. 어릴 적에는 나비를 채집했다. 그리고 깨달았다. '수집이 수집하는 자를 소유한다'는 것을 말이다.

따라서 앤티크에는 관심이 있지만 소유하고 싶지는 않다. 하지만 '사두면 좋았을걸' 하고 지금도 후회하는 물건이 있다. 백 년 전쯤 만든 윈저 체어였다. 아담한 사이드 체어였지만 제대로 실하게 만든 물건이었다. 150만 원이라는 가격표가 붙어 있었다.

앉는 자리의 널빤지는 느릅나무였던 것 같다. 그것이 물결치듯 변형되어 있다. 쐐기를 박아 넣은 널빤의 원형 구멍이 타원형이 되었다. 이 의자는 필시 앤티크였다.

옛날에 윈저 체어의 널빤지는 덜 마른 것을 굳이 가공했다. 목재는 건조하면 섬유의 가로 방향으로 수축한다. 따라서 원형 구멍은 타원형으로 오그라들어 등 살인 스핀들spindle과 다리의 둥근 장부를 단단히 쥔다. 접착제가 발달하지 않았던 시대의 가구나 목공품은 이와 같은 방법으로 조립되었다.

나의 윈저 체어도 같은 공법으로 조립되었다. 접착제는 전혀 사용하지 않았다. 접착제로 조립된 가구나 의자의 수명은 접착제의 수명과 같다. 나는 스핀들과 다리의 둥근 장부의 단면에 하룻밤 백열광을 쬐어 충분히 건조시키고 나서 의자를 조립한다. 그리고 건조시킨 장부를 단면에 두드려 박는다. 둥근 장부는 실내의 습도를 머금어 팽창한다. 윈저 체어의 둥근 장부는 백 년이 지나도 뒤틀리지 않는다.

아마추어와 프로의 작업은 어디가 어떻게 다를까? 내 목공 실력은 아마추어를 뛰어넘는다고 생각한다. 그러나 뛰어난 전문가에는 미치지 못할 것이다. 난 목공 애호가라는 것만으로도 충분하다. 애호가는 직업professional이 아니기 때문에 도리어 전문가를 뛰어넘을 수 있는 점이 있다고 생각한다. 바꿔 말하면 언제까지나 아마추어의 정열을 지닌 전문가가 참으로 훌륭한 작업을 해낼 것이다.

제
3
화

내 몸에 맞는 나만의 의자 만들기

의자는 인간 중심주의적인anthropocentric 가구다.

'anthro'는 그리스어로 인간을 뜻하고, 'centric'은 'central'과 뜻이 같은 형용사 어미다. 'anthropography'라고 하면 인류지人類誌(인류학의 한 분야)를 가리키고, 인류학은 'anthropology'라고 한다. 'anthropocentric'이란 '인간적인, 인간 냄새가 나는'이라는 뜻일 것이다.

chair는 혼자서 등을 받치는 의자를 말하지만, 관사를 붙여 사람의 직위나 지위를 이야기한다. 사장의 의자, 대의원의 의자, 성직자의 의자, 교수의 의자 등. 조직사회에서 살아가는 인생은 더 높은 자리에 앉기 위한 의자 쟁탈전으로 볼 수 있다.

현존하는 의자 중 세계에서 가장 오래된 것은 이집트의 왕 파라오의 의자다. 커다랗고 사각형이다. 얼마나 걸터앉는 데 불편해 보였던지 약탈도 피했다. 권력자는 대개 으리으리한 의자를 소유하기를 원한다. 스스로를 위대하게 보이고 싶기 때문이다. 하지만 그런 의자는 편안한 앉음새를 허용하지 않는다. 온 세계의 국회의사당에 있는 의자도 마찬가지다. 일본 국회의사당에 있는 의자는 천박하기 조차 하다.

일본인은 아주 최근까지 의자를 갖지 않았다. 다다미 바닥에 묵직하게 엉덩이를 대고 살아왔다. 일본인과 한국인의 대다수가 지금도 그렇게 생활한다. 일본인과 한국인은 형제라서 그렇다.

초가지붕을 얹은 집에서 화롯불을 중심으로 빙 둘러앉는 모습을 가리켜 단란하다고 한다. 이런 생활양식은 조몬인繩文人(BC 13,000~BC 300년의 일본의 선사시대 사람-옮긴이)을 답습한 문화다. 우리 조상은 '이것 참 좋구나. 편하구나!' 하는 생각에 의자가 없는 생활을 계속해왔다.

이슬람 문화권은 아직도 대다수 사람이 의자 없이 생활하는 듯하다. 아름다운 융단 바닥에 털썩 앉기도 하고 그 위에서 잠을 자기도 한다. 서구 문명에 아직 물들지 않은 사람들은 의자가 없는 생활을 즐긴다. 영상을 통해 그런 사람들의 생활양식을 보면서 다다미 나라의 주민은 심심한 향수를 느낀다. 아시아를 동경해 일본으로 건너온 많은 백인은 다다미 위에서 생활한다. 의자 쟁탈전에서 해방된 삶을 맛보는 느낌일까?

우리는 오늘날 의자와 테이블이 있는 삶을 영위한다. 바쁜 도시 생활인은 더욱 그렇다. 화장실도 좌변식이다. 이처럼 서양식 문물을 사용해보면 예전으로 돌아갈 수 없다.

전후(戰後)에 들어와 일본인의 수명이 비약적으로 늘어난 것은 의자와 테이블의 덕을 적잖게 보았기 때문이라고 본다. 직장과 생산 현장은 가정보다 앞서 선도적으로 의자를 보급했다. 의자의 편리함과 도움에 힘입어 우리는 경제대국의 길을 내처 달려갔다. 방석에 앉아 수작업에 몰두하는 공예가의 뒷모습도 아름답지만 당사자는 요통에 시달리게 마련이다.

편리함을 선진적으로 받아들이고 새로운 생활양식에 순응하는 능력이 뛰어난 점이 일본인의 미덕이다. '지나치게 순응적인 것 아니야?' 이런 비판을 받을 수도 있겠지만 그것이 우리의 개성이다.

한편 우리에게는 새롭게 도입한 생활양식을 깊이 있게 추구하려고 하지 않는 경향이 있는 것 같다. 일본에는 새로운 사물과 낡은 사물이 공존한다. 이는 참으로 훌륭한 점이다. 하지만 어느 쪽도 어정쩡해진다는 폐해가 있는 건 아닐까?

여기 멋진 서양 가구를 만드는 목공예가가 있다. 미세한 작업에도 뛰어난 만큼 목공예가의 솜씨만큼은 흠 잡을 데가 없다. 그런데 정작 자기 집에서는 앉은뱅이 상을 놓고 산다. 그는 일본식 생활양식을 좋아하는 것이다.

그것은 그것대로 그의 개성이니까 타인의 기호를 두고 이러쿵저러쿵 말할 일은 못된다. 그러나 어딘지 의아스러움이랄까 거리감이 남는다. '이 사람이 만드는 서양 가구는 정말 훌륭하다고 할 수 있을까?'

토마스 모저의 의자

1986년 여름 오리건Oregon 강에서 놀았다. 데슈츠Deschutes 강에서 돈 로버츠Don Roberts와 알을 낳기 위해 돌아오는 연어과의 무지개송어steelhead를 쫓아다녔다. 운 좋게도 미국에서 송어 낚시의 꿈을 실현시킬 수 있었다. 몇 주일 동안 송어 낚시 여행을 끝내고 돈의 집에서 느긋하게 지냈다. 〈BE-PAL〉이라는 아웃도어와 캠핑 정보를 다루는 잡지의 편집부에서 전화가 왔다. 모스 텐트MOSS TENTS의 빌 모스Bill Moss와 만나 인터뷰를 해달라는 요청이었다.

포틀랜드 오리건을 떠나 포틀랜드 메인으로 갔다. 만나고 싶던 빌 모스는 진정으로 훌륭한 예술가였다.

그때 빌 모스와 인터뷰를 주선해준 댈러스 파일Dallas Pyle이 THOS. MOSER Cabinetmakers의 쇼룸을 안내해주었다. 깨끗한 가구 전시관이었다. 모든 가구가 단단한 아메리칸 체리American Cherry로 만들어진다. 그곳에는 기름칠로 마무리하고 문질러서 조청 빛으로 빛나는 의자와 테이블과 캐비닛이 있었다. 마치 당당하게 고급스러운 나무 조각품처럼 보였다.

"그렇구나! 가구는 나무로 만든 기능적인 예술품functional art이구나…." 무지개송어를 낚아 올리는 찰나처럼 마치 전기 충격 같은 짜릿함이 등골을 타고 흘렀다. 나는 눈을 깜빡일 정신도 없이 가구라는 이름의 나무 조각품에 시선을 빼앗겼다.

가구 중에서도 특히 내 마음을 꽉 움켜쥔 물건, 그것은 의자였다고 톰 모저에게 말했다. 그랬더니 톰은 이렇게 말했다. "자네는 재미있는 친구로군. 의자에 흥미를 갖다니 말이야. 의자 디자인은 어렵기도 하고 만드는 데 품도 쏠쏠하게 들어. 천 달러짜리 의자를 만들기보다 2천 달러짜리 테이블을 만드는 편이 간단하거든." 나중에 알았는데 톰의 의자는 세계적으로 명성이 자자했다.

톰은 원래 대학의 문학부 교수였다. 마흔을 넘기면서 갑자기 가구를 만드는 일로 돌아섰다. 그래서 그런지 그는 목공을 좋아하는 작가 청년을 친근하게 맞아주었다.

돌아올 때 톰이 자신의 저서를 선물해주었다. 〈Windsor Chair-making〉. 이 책은 내게 의자 만들기의 교과서인 동시에 어떻게 살아갈까를 가르쳐주는 바이블이기도 하다. 토마스 모저Thomas Moser는 내 마음의 선생님이다.

윈저 체어의 앉는 자리saddle를 둥글게 깎는다. 콩대패로 바닥의 곡면을 다듬는다. 30분 동안 대패를 사용하면 날이 무뎌진다. 그때마다 대팻날을 갈면서 2014년 여름을 쓱싹쓱싹 갈아낸다.

바닥 판자의 두께는 43밀리미터인데 가장 깊숙한 곳을 25밀리미터로 둥글게 깎는다. 엉덩이의 곡선에 맞추어 마치 안장처럼 깎아나간다. 그렇게 하면 앉는 면과 엉덩이 사이에 틈이 없어지고 더할나위 없는 쿠션이 갖추어진다. 발자국 모양의 바닥 표면이 모양을 갖춘다. 비켄스탁Birkenstock 샌들과 똑같은 이치다.

나만의 의자를 찾을 수 없었다.
내가 앉을 의자를 아무도 신경 쓰지 않았다.
그래서 스스로 의자를 만들었다.
생각하는 것보다 더 좋은 의자가
내 소유가 되어 만족했다

♪ I'll never forget you. So kiss
me as you go. Good bye…

　올해 여름은 의자를 열 개쯤 완성했다. 7월과 8월을 좋아하는 목공 일로 신나게 보낼 수 있었다. 가까운 강에 나가 제물낚시를 던지지 못한 것은 유감이지만, 고전적인 노동 윤리에 따라 목공 일에 성심을 다한 내 모습을 봤다면 토마스 모저도 분명 칭찬해주었을 것이다. 뉴멕시코의 삼도천三途川에서 오늘도 숭어 낚시에 흥을 내는 빌 모스도 내 의자의 모양새를 보고는 흐뭇하게 웃음 지을 것이다. 빌이 손에 들고 있는 플라이낚싯대fly rod는 내가 선물한, 무라타 고지로村田孝二郎가 제작한 3피스 대나무 낚싯대bamboo rod다.

　　톰 : 인생은 자기 의자를 찾아 헤매는 삶이야. 의자가 인간 중심주의적인 가구라고 일컬어지는 이유가 거기에 있어. 그렇지만 대부분이 자기 의자를 발견하지 못하지.
　　다부치 : 만약 그렇다면 토마스 모저의 의자를 사면 될 거야. 그럼 만족할걸.
　　톰 : 오! 그래. 맞아. (웃음)

　사회 신분을 나타내는 의자를 스스로 찾도록 하라. 하지만 발견하지 못했다고 해서 비관할 필요는 없다. 얄미운 상사나 사장의 의

자보다 당신은 더 훌륭한 의자를 자기 것으로 만들 수 있기 때문이다. 의자의 소재와 심미적 감각도 중요하다. 모든 것이 티 하나 없는 나무로 만들어진 의자를 추천한다. 무엇을 만들든지 티 없는 나무는 가장 좋은 소재다. 목재는 숲이 보내준 귀한 선물이다. 그것이 벚나무 자재라면 더 말할 것도 없다.

"신은 작은 부분에 깃들어 있다. 대단한 물건은 괴물이 만든다." 겉모습에 속아서는 안 된다. 쇠를 쓰지 않고 재래의 논리적 공법으로 짜맞춘 의자가 최선이다. 우리가 만드는 의자의 수명은 백 년이 넘는다. 톰은 3백 년이라고 말한다.

의자는 육체적인 가구이며 개인적인 물건이다. 사람의 체격은 제각각이다. 그 사람의 신장에 맞춘 의자여야 한다는 점이 중요하다. 디자인이 같은 의자라도 앉는 자리의 깊이와 다리의 높이가 지닌 균형이 편안함의 운명을 좌우한다. 그 사람의 키와 체형을 확인하고 나서 사용자에게 가장 적합한 의자를 만들어야 한다.

많은 사람은 취침 시간만큼 아니 그 이상의 시간을 의자에 앉아 생활한다. 우리는 평생 동안 얼마만큼의 시간을 의자와 함께 살아가는 것일까? 그렇다면 의자의 사용 비용running cost은 아주 저렴하다. 어제까지 온돌방에서 생활하던 우리는 의자의 가치에 무심하기 쉽다. 요통에 시달리는 사람은 먼저 자기 의자를 다시 살펴봐야 한다.

제
4
화

봄은 소박한 삶을 위한 힘겨운 노동의 시간

어제 뻐꾸기가 울었다. 아직 혀 짧은 소리였다. '뻐꾹, 뻐뻐꾹' 하고 울었다.

"뻐꾸기가 울지 않는 동안은 괜찮다고 말하지 마라." 뻐꾸기가 울지 않으면 추위를 잘 타는 토마토, 가지, 오이의 모종을 심지 말라는 뜻이다.

마을에서는 이 새를 '콩 심어 새'라고 부른다. 뻐꾸기가 울었으니까 콩을 심으라는 뜻이다. 마을 사람에게는 우는 소리가 '콩 심어~, 콩 심어~' 하고 들리는 모양이다. 추운 산속 이 마당에도 본격적인 원예의 계절이 찾아왔다.

오늘 아침 연노랑모시나비를 처음 봤다. 나는 나비를 좋아한다. 개중에도 이 나비를 각별히 좋아한다. 라틴어 이름인 'Parnassius glacialis'는 '빙하 시대의 파르나시우스 일족'이라는 뜻이다.

'Parnassius'는 그리스 중부의 고산이다. 아폴로와 뮤즈의 비밀스러운 산이자 문예의 아이콘이다. 시인을 부르는 미칭美稱이기도 하다. '파르낫소스 산에 오르라climb parnassius'라고 하면 '시작詩作의 길을 열심히 가라'는 뜻이다. 사족이지만 난 메일주소에 'parnassius'를 쓴다. 멋지지 않은가.

북방계인 그녀가 뜰에서 춤추며 돌아다니면 이곳은 에덴이나 아르카디아Arcadia로 변한다.

♪ 5월이 되면 그녀가 온다네
눈 녹은 물이 흘러들어 강물이 불어날 때
곤들매기가 하루살이를 향해 뛰어올라 물결무늬가 퍼져나갈 때
그녀는 내 뜰에서 겉잠이 든다네

6월 그녀는 줄곧 이 뜰에 있다네
꿈을 꾸듯 왈츠를 추는 것 같구나

7월 그녀는 가버리네
여름에 쫓겨난 봄이 높은 산으로 달아나 숨을 때
원추리 꽃이 떠나갈 때

나는 잊지 않으리
그녀와 지냈던 나날을

고랭지의 5월 1일은 사계절의 새끼꼴이다. 아침은 봄, 낮은 여름, 저녁은 가을, 밤은 겨울…. 그끄저께 아침은 영하 5도까지 내려가 바싹 얼어붙었다. 방금 아주심기(온상에서 기른 모종을 밭에 심는 일-옮긴이)를 끝낸 양배추 모종이 서리에 얼어 버렸다. 살구꽃도 새싹도 얼어 버렸다.

태풍 끝물의 저기압이 비와 남풍을 실어왔다. 오늘은 여름날이다. 산속 5월은 애리조나의 고지대 사막과 같다. 이른 봄과 여름이 서로 다투는 바람에 일교차가 25도나 된다.

온실에서 키우는 토마토 모종의 키가 나날이 쑥쑥 자라고 있다. 마당의 채마밭으로 옮겨 심고 싶지만 고민 중이다. 뻐꾸기가 울었기 때문에 더 이상 서리는 내리지 않겠지만 겨울이 최후의 저항을 감행할지도 모른다. 마을 여자들이 그렇게 하듯 6월을 기다려야 한다. 여름 같은 한낮에 속아서는 안 된다. 겨울은 아직 산골짜기에서 숨을 고르며 습격의 기회를 호시탐탐 노리고 있다.

우리는 계절이나 시대를 미리 손에 넣기를 원한다. 찾아온 봄을 느긋하게 즐기는 시간을 아까워하며 벌써 여름에만 마음이 가 있다.

돌이켜보면 겨울은 좋았다. "정성을 다해 마당을 가꾸어라. 풀을 베어라. 풀 깎는 기계로 풀을 깎아라. 채마밭에 퇴비를 빨리 뿌려라." 겨울은 이런 말을 하지 않았다. "밤새도록 장작 스토브를 때며 봄이 오기를 꿈꾸며 기나긴 겨울밤에는 푹 잠들라." 겨울은 다정했다. 그런 겨울에 '안녕, 잘 가!' 하는 인사도 하지 않고 우리는 숨을 몰아쉬려고 한다.

뻐꾸기는 노래한다. '파르나시앵이 춤추는 지금을 노래하라. Be Here Now. 지금 여기에 있으라.' 5월의 뜰은 이렇게 속삭인다.

뜰은 우리에게 가장 친근한 자연이다. 그리고 뜰은 야외 활동의 현장이다.

몇 번이나 높은 산에 올랐다. 알프스 산 같은 곳의 등산에 열중했다. 겨울 산의 벼랑을 혼자 오른 적도 있었다. 20미터 아래로 추락했다. 하켄haken(빙벽이나 암벽 등반용 쇠못-옮긴이)이 세 개 빠진 지점에서 추락을 멈추었다.

오리곤, 아이다호, 몬태나, 와이오밍, 콜로라도 등 미국의 거대한 강에서 미국의 송어를, 그리고 꿈을 낚아 올렸다. 메인Maine의 북부 산림에서 카누 여행을 즐겼다. 1970년대 옛 유고슬라비아 시대에 크로아티아의 강을 찾아갔다. 나와 아내는 마을을 방문한 첫 동양인이었다. 모든 사람이 "다부치, 다부치!" 하고 부르며 웃었다. 발칸에서는 '치'가 성family name의 고유명사 어미라는 것을 나중에 알았다.

여행과 야외 활동은 꽤 쏠쏠한 오락이다. 젊은 시절에 다양한 체험을 두루두루 하고 말랑한 감수성으로 하얀 공책에 기억을 적어놓는 일도 즐겁다.

시간은 제물낚시를 띄우는 강의 흐름과 같다. 시간은 미끄러져 간다. 나는 똑같은 흐름을 두 번 건져 올릴 수 없다. 다른 물이 끊임

없이 흐르고 있기 때문이다.

노인은 후회의 노예! 그렇다면 젊은이는 꿈의 노예! 나이를 먹는 것은 나쁜 일이 아니다. 젊은이는 바쁘다. 나는 더 이상 어디에도 가지 않는다. 이 뜰에 있으면서 이 뜰의 계절 곁에 바싹 머물고 싶다.

이제 아무것도 나를 바꾸지 못한다. 오리곤 강의 무지개송어도, 높은 산 초여름의 꽃밭도…. 적막한 산의 겨울을 서른 번 이상 헤아리고, 4월 푸르른 하늘이 베풀어준 청명함을 알아 버렸기 때문에 더 이상 아무런 기대도 없다.

우리 시대든, 원자력 발전이든 될 대로 되든지! 모든 것이 전기로 움직이는 집에 살면서 생태학자를 자처하는 찰랑찰랑한 머리의 부인이여, 당신은 중성세제 샴푸와 온천을 활용한다. 하수도를 난처하게 만들고 있다.

오직 한때의 돈벌이를 위해 나비가 날아다니고 귀뚜라미가 바이올린을 연주하는 초원이나 빈 들판에 태양 전지판을 온통 둘러친 바보의 병은 죽어도 낫지 않는다. 바보의 바보스러움을 잇는 후계자가 줄을 서기 때문이다.

'토지의 효율적 이용'이라는 말이 심히 거슬린다. Let it be. 가장 좋은 환경 보전은 자연을 있는 그대로 두고 짐짓 모른 척하는 것이다.

"손을 대지 않고 그냥 두는 것이 많을수록 사람은 풍요로워진다."

정원용 도구는 쇠와 나무의 예술

고독을 가장 좋은 친구 삼아 뜰에서 살아가는 것

마당의 잔디밭은 나의 초원. 나는 초원을 걷는다. 풀 베는 기계를 밀면서 만 보를 걷는다. 잔디밭을 좋아하는 나는 무럭무럭 자라는 무스카리muscari(백합과의 구근식물)와 봄에 자라는 용담을 피하면서 걷기 운동을 즐긴다. 초원의 빛이 점점 더 눈부셔진다. 나는 지금 키르기스Kirghiz 고원의 초원을 걷는 나그네 같다. 하늘의 푸름을 손가락으로 만지며 초원의 초록을 발로 느끼며…. 아아, 참 좋구나! 상쾌하구나! 나가미네長峰 산의 옷을 물들인 낙엽송의 신록은 마치 알타이 산맥의 산기슭 같다. 알타이 산맥에도 키르기스 고원에도 가본 적은 없지만….

잔디 깎기를 끝낸다. 잔디 깎는 기계의 엔진 소리가 멈춘다. 봄바람이 나무숲의 어린잎을 살랑살랑 흔든다. 사과 꽃이 거의 활짝 피었다. 그 나무 그늘에 서 있으면 꿀벌이 나는 소리가 새어나온다. 좋구나, More job. 더 일해라. 꽃에서 꽃으로 날아다니며 꽃가루를 더 열심히 묻혀서 옮겨라.

박새가 애벌레를 물고 보금자리로 날아 들어간다. 새끼들이 샛노란 부리를 한껏 벌리고 먹이를 채근할 것이다.

수선화의 봄이 막을 내리려고 한다. 수선화의 꽃자루를 손가락으로 집으면서 걷는다. 그러면 수선화의 구근이 불쑥 자란다. 그리고 4월이 오면 그녀가 이곳을 찾아온다.

"다부치 군, 오랜만이야!" 그녀는 상냥한 미소를 지으면서 그렇게 말해줄 것이다.

그런 다음 나는 채마밭 정비에 착수한다. 채마밭을 정비하는 일은 5월의 중노동이다. 그것은 소박한 삶을 위한 힘겨운 노동이다. 제초기weeder로 잡초를 제거하고 나서 정원용 컬티베이터garden cultivator로 이랑을 경작한다. 그곳에 퇴비를 뿌리고 가래로 이랑을 일군다. 무거운 가래를 번쩍 쳐들고 흙 속에 푹 찔러 넣는다. 숨이 차는 작업이다. 흙 속에 박힌 가래로 떠올리는 흙은 무겁다. 허리에 묵직한 통증이 느껴진다.

이랑과 이랑 사이에 통로를 설계한다. 삽으로 통로의 흙을 퍼서 이랑을 볼록하게 돋운다. 마지막으로 갈퀴로 이랑을 다듬는다. 채소를 심기 위한 고랑을 쌓아간다. 폭 1미터, 길이 10미터의 이랑을 하나 정비하는 데 2시간의 중노동이 필요하다. 우리 마당의 채마밭에는 이만한 이랑을 스무 개 정도 만든다.

고전적인 노동 윤리에 따라 나는 육체노동에 나선다. 지금은 정원의 농번기다. 봄의 마당 가꾸기는 만만치 않은 야외 활동이다.

갈구리나비가 원추리 꽃에 더듬이로 키스한다. 앞날개 끝을 오렌지색으로 화장한 가련한 흰나비다! 5월 들판의 꿈이로구나.

이제 막 봄 매미의 첫 울음소리를 들었다. 태양이 5월의 자오선 꼭대기까지 올라갔다. 낮이로구나. 배가 고프다. 오늘 아침은 열심히 일했으니까 런치도 먹고 디너도 먹자. 허리 근육이 뻐근하다. 맥주 한 캔으로 알코올이라는 배에 올라타 긴 의자couch에서 식후 낮잠을 자야 한다.

다부치는 곤충 채집을 좋아하는 소년이었다. 푸른 잎이 무성한 잡목림에서 시가도귤빛부전나비를 채집했을 때 느낀 감동을 지금도 선명하게 기억한다. "어쩌면 이렇게 예쁠 수가 있을까?" 삼각형 종이봉투로 감싸며 삼각형 깡통(곤충 채집 때 사용하는 도구-옮긴이)에 넣었다가 몇 번이나 꺼내서 찬찬히 살펴보았다. 이후 소년은 나비 채집가가 되었다.

곤충 채집망을 펄럭이며 산과 들을 헤매고 다녔다. 고산 나비를 찾아서 북알프스 산봉우리를 홀로 종횡무진 돌아다녔다.

좋아하는 나비를 잡아 가슴께에 핀을 꽂은 다음 전시판展翅板(채집한 곤충의 촉각, 날개, 다리 따위를 잘 펴서 고정하는 판-옮긴이)에 고정시켰다. 표본 상자에 보물을 죽 늘어놓고 바라보았다. 어른이 되고 나서는 작은 생명을 빼앗았다는 사실에 가슴이 아팠다.

곤충 채집 소년의 자연의 조화를 생각하는 깊은 조예를 얕잡아볼 수 없다. 나비의 생태를 배우는 것이 소년이 공부하는 모든 것이었다. 〈마키노신일본식물도감牧野新日本植物図鑑〉이라는 두툼한 책을 손에 넣었다. 식물도감을 보며 유충이 먹을 수 있는 풀을 공부했다. 모시나비가 먹는 풀은 양귀비과 코리달리스속corydalis인 자주괴불주머니이다. 마을 산의 기슭이나 촌락 주위를 좋아하는 두해살이풀이다. 자주괴불주머니는 사람의 손길이 닿는 땅을 좋아하는 풀이다.

우리 집 뜰에서도 자주 눈에 띈다.

모시나비에는 '글라키알리스glacialis'라는 고유명사가 붙어 있다. 빙하 시대라는 뜻이다. 모시나비는 유라시아와 북미 서부에 30여 종 있다. 대부분은 고산의 초원이나 미개척 초지에 서식한다. 홋카이도의 다이세쓰잔大雪山 산 주위에는 천연기념물로 지정된 모시나비가 있다. 그녀의 자식은 양귀비과 금낭화속dicentra인 일본망아지풀을 먹는다.

오로지 글라키알리스만 인간의 생활권과 가까운 곳에서 번성한다. 흥미로운 점이다. 자주괴불주머니가 그러하듯 모시나비도 우리에게 친근한 나비가 되었다. 그녀에게 축복을! 그녀가 살아야 할 땅을 빼앗는 자에게 저주를! 갖가지 나비가 인간의 생활 가까운 곳에서 번영을 누리는 동네나 마을이 바로 우리가 살아야 할 땅이다. 사람도 자신이 사는 땅에서 자라는 먹을 것을 먹어야 한다.

일본 열도에는 나비가 200종 남짓 있다. 멕시코 국경지대를 포함한 북미 대륙 전체에는 400여 종 있다고 한다. 영국의 그레이트브리튼 섬에는 30종쯤 있을까? 아열대 섬에서 고산 아한대까지 걸쳐 있다. 일본 땅은 놀랄 만큼 다양성이 풍부한 녹색의 활 모양 열도다.

그렇게 보면 이 나라에 중앙 집권의 전체주의는 어울리지 않는다. 또 선진공업국이라는 사고방식도 극단적인 선입견이다. 우리는 우리나라를 '선진국'이라고 믿고 있다. 그러나 선진국이기 위한 중요한 조건의 하나는 '먹을거리의 자급자족'이다. 과연 이 나라는 진정 선진국이라고 할 수 있을까?

일본의 식량 자급률은 40퍼센트까지 내려갔다. 무척 부끄러운 수치다. 그러나 사실을 고하면 현실은 더욱 심각하다.

돈에 구애받지 않고 최고급 햄버거를 먹는다고 가정하자. 고급 국산 쇠고기 햄버거에 유기농으로 재배한 상추와 토마토, 유기농으로 재배한 홋카이도산 밀로 빚은 빵을 먹으면 안심할 수 있다고 하겠다. 전부 국내산 식재료니까 말이다. 하지만 정말 그럴까? 그렇지 않다!

먼저 쇠고기는 유전자를 조작한 아이오와의 옥수수로 길러진 소의 고기다. 유기농 채소와 밀도 유전자 조작 옥수수로 키운 소똥과 닭똥으로 만든 퇴비로 재배했다. 덧붙여 소프트드링크의 감미료는 유전자 조작 옥수수로 만든 옥수수 시럽이라는 것을 알려주고 싶다.

참으로 유감이다! 결국 여러분은 음식물의 80퍼센트를 간접적으로 유전자 조작 옥수수를 먹고 있는 셈이다. 순純 국산이라면 고작 물뿐…. 그 물도 질이 썩 좋지 않다. 일본에서 가장 긴 시나노가와信濃川 강의 원류가 흐르는 마을에서 살고 있으니까 말이다. 그렇게 생각해야 한다.

아멘! 나무아미타불! 하늘의 신과 땅의 신, 천지신명이시여! 더불어 다스려 주십사 간절히 빕니다.

생태학과 경제

내가 지닌 자연 취향이나 자연 지식의 기초는 곤충 채집 소년일 때 얻은 것이다. 곤충 채집의 비결은 환경 친화적으로 자연을 관찰하는 것이다. 곤충을 좋아하는 소년은 선천적으로 환경주의자였을지도 모른다.

이콜러지ecology(생태학)라는 말은 '그리스어 oikos=집+logy=생활환경의 학문'이라는 의미의 조어다. 그렇다면 이콜러지의 원뜻은 홈 이콜러지home ecology(가정 생태학)라는 말로 수렴된다. 그리고 생태학이란 '자연이라는 집의 생활환경학'이라는 뜻이다. 이콜러지와 이코노미economy(경제)는 이율배반처럼 여겨진다. 이쪽을 내세우면 저쪽이 성립하지 않고, 저쪽을 내세우면 이쪽이 성립하지 않는다. 그런 모순을 이율배반이라고 한다.

하지만 이코노미의 어원은 그리스어 oikonomia. 이는 'oikos=집+nomia=관리', 즉 '집의 관리'라는 말이다. 그래서 절약, 검약, 경제라는 뜻이 된다.

한마디로 생태학과 경제는 사이좋은 부부이자 동성혼자이며 형제 같다. '자연을 존중하면서 손에 손을 잡고 야무지고 현명하고 즐겁게 살아가야 하는' 관계인 것이다.

에코는 선전 문구 같은 장식적인 수사가 아니다. 경제는 경기를 부양해 물가를 인플레이션으로 이끄는 것이 아니다. 경제라는 말은

'경세제민經世濟民'이라는 사자성어를 줄인 말이다. 경세제민이란 나라를 다스리고 백성을 구제한다는 말이다.

위정자는 애들 유행어처럼 '경제, 경제' 하고 떠들지 말라. '경세제민'이라고 확실하고 정확하게 말하라.

내 스바루 자동차는 연식이 오래되었다. "환경에 부담이 가기 때문에 증세의 대상이 된다. 따라서 폐차시키고 새 차를 사라." 어디에선가 이렇게 말하는 소리가 들린다. "그래? 좋다. 공짜로 새 차와 교환해준다면 생각해보기는 하겠다."

"아직 10만 킬로미터는 더 달릴 수 있는 차를 폐품으로 만들고 새 차로 바꾸어 타라?" 흥, 당치도 않은 말이다. 새 차를 한 대 만들기 위해서는 많은 자원과 에너지, 지난한 노동과 환경 부담이 필요하다. 낡은 차를 오래 타는 것과 새 차를 사는 것, 어느 쪽이 생태학과 경제에 상응하는지는 명백하다.

GDP를 끌어올리기만 하려는 정책은 국민과 환경의 행복과 상반한다. 무리하지도 말고 헛되지 않은 스마트한 경제를 지향하고, 지금의 수입으로 어떻게 하면 더욱 잘살아갈 수 있을까를 생각하는 것이 위정자가 할 일이다.

남아도는 돈으로는 쓸데없는 물건밖에 사지 못한다.

여러분, 만 원 더 버는 것보다 만 원을 잘 쓰는 편이 더 간단하고 편하답니다.

돈은 써야만 가치가 있는 도구입니다. 지금 저금해놓은 돈은 점점 줄어들고 있어요. 인플레이션 정책이란 국민의 재산을 누군가가 뜯어 가기 위한 책략입니다.

여러분, 소중한 돈을 슬기롭게 사용합시다. 돈을 쓴다는 것은 나날의 삶이 더 나아지고 더 야무지도록 하기 위한 투자입니다. 만 원짜리 셔츠는 2천 원짜리 셔츠보다 10배 더 오래 갑니다. 만 원짜리 셔츠는 입을수록 몸에 익숙해져서 착용감이 좋아집니다. 그런 셔츠를 입는 것은 자기 자신을 고양시키는 일이기도 합니다.

여러분, 질이 좋은 천연 소재로 정성스럽게 재봉한 옷을 입읍시다. 정성이 담긴 물건을 사면 그것을 만든 지각 있는 사람들의 이익으로 돌아갑니다.

"어딘가에 조그만 땅뙈기를 찾아 당근 씨를 뿌리자. 그리고 당근이 자라나는 것을 지켜보자. 당근이 잘 자라면 뽑아 먹으라."
-스티븐 가스킨Stephen Gaskin, 카운터 컬처, 히피 문화의 정신적 지주

나비가 날아다니는 뜰. 새들이 배고픈 새끼들에게 분주하게 배추벌레를 물어다 먹이는 뜰. 이 마당이 마음에 든 꽃들이 봄이 되면 기꺼이 돌아오는 뜰. 마당의 풀을 깎으면 베르가모트의 달콤한 향이 코를 간질이는 뜰.

30종 이상의 초록 채소가 여름풀의 뒤를 이어 무성하게 자라는 채마밭. 1킬로그램에 10만 원 나가는 라즈베리를 20킬로그램이나

수확할 수 있는 뜰. 가을이 되면 쉰 병의 토마토소스를 만들 수 있는 뜰. 겨울나기를 위한 양파가 300개나 자라는 뜰. 봄이 올 때까지 먹고 또 먹어도 남을 만큼 감자를 캘 수 있는 뜰. 건조 허브를 수납할 용기가 언제나 부족한 뜰.

이 뜰은 그렇게 작지 않은 아크Ark라고 해야 할까? 아크는 노아의 방주, 안전한 피난처.

뜰은 이동할 수 없어도 '배'와 참 닮았다. 그렇다면 이 뜰은 먼 바다를 항해할 수 있는 중형 범선 같은 것일까?

이 배는 여기에 가만히 있다. 하지만 시대가 엄청난 속도로 변화하고 있다. 그래서 이 범선은 시대의 거친 파도를 타고 넘어 대해로 돌진하고 있다.

어떤 인생도 살아내기 쉽지 않다. 그리고 어떤 인생에도 행선지 같은 것은 없다.

사람은 자신의 의지로 태어나지 않았다. 존재의 목적지가 없다는 데 저항하며 우리는 살아간다. 그런데 우리는 일년 내내 히스테리를 일으키고 있다. 거품 경제도, 거품의 붕괴도, 디플레이션 해소도, 원자력 발전 재가동도, 집단 자위권도, 전쟁도…. 결국은 개운치 못한 우리 삶의 배출구일 따름이다.

사람은 누구나 고독하다. 우리는 인생이라는 '고독'을 살아간다. 우리는 실존적 고독을 안고 살아가야 한다.

실존적 고독에 저항하는 길은 두 가지 있다. 하나는 시대나 사회의 부조리에 맞서서 쾌걸 조로가 되는 길, 또 하나는 고독을 가장 좋은 친구로 삼아 은둔의 뜰에서 살아가는 길.

장 폴 사르트르는 쾌걸 조로의 길을 선택했다. 알베르 카뮈는 고독의 뜰을 가꾸었다.

참기 어려운 존재의 가벼움에 저항해 어떻게 살아가느냐는 사람마다 개성에 따라 다르다. 부자가 되어 가외의 물건을 파워풀하게 쇼핑으로 사들이는 일은 짜릿할지도 모른다. 청빈낙도의 나날을 살아가는 선적禪的 경지를 추구하는 것도 멋질는지도 모른다.

예전에 교토에 있는 석정石庭(나무 대신 바위, 돌, 모래로 조성한 정원-옮긴이)을 둘러본 적이 있다. 하지만 나는 아무것도 느끼지 못했다. 봄이었는데 그 마당에는 꽃도 나비도 없었다. '난 역시 경박한 인간인가' 하고 생각했다.

여러분, 나는 내 것입니다. 스스로에게 정직하세요. 그것이 실존이라는 말의 뜻입니다.

인연이라는 말이 좋아지지 않는다. 억지로 떠맡겨지는 느낌이다. 인연絆이라는 글자는 '말 다리를 끈으로 묶다'라는 뜻이다. 영어로는 'band'이다.

〈하나와사쿠花は咲く(꽃은 핀다, 동일본대지진 부흥 지원 송-옮긴이)〉라는 노래도 들어보라. 계절이 돌아오면 꽃은 피게 마련이다. 누구의 뜰이라도, 누구의 마음이라도 그렇다. 그렇지 않다면 마음의 겨울에 알뿌리를 심자.

옛 유고슬라비아의 내전이 끝나고 황폐해진 마당에 우두커니 서 있는 한 부인이 매스컴을 향해 이렇게 말했다.

"나는 이 뜰의 흙을 갈아엎어 빨리 채소 씨를 뿌릴 겁니다."

제
5
화

한 줄기 강의 흐름. 푸르고 차가운 물이 흐르는 곳. 푸른 하늘을 비추면서, 강가의 푸름에 물들면서 역광이 눈부신 은색으로 반짝이는 너른 판자가 되어 흐르는 물길. 강 위에는 아무것도 없다.

화룡점정일까? 그 흐름 속에 홀연히 버티고 서 있는 그림자가 있다. 낚싯대 끝에 둥근 릴을 단 짧은 낚싯대를 휘두르면서 낚싯줄을 던지는 사람, 그 낚시꾼을 플라이낚시꾼이라고 부른다.

플라이낚시는 스타일이 독특하다. 이 낚시는 서구식 제물낚시인데 여러 낚시 기법 중에서도 단연 출중하다. 이 낚시의 독특한 양식은 보는 사람의 시선을 꽉 붙들고 마음을 홀딱 사로잡아 버린다.

댄싱 인 더 리버…. 강물 속에 두 손을 추켜올리고 춤을 추듯 그는 플라이낚싯대fly rod를 계속 휘두른다. 그것은 지휘자가 온몸으로 지휘봉을 휘두르면서 오케스트라를 지휘하는 모습과 비슷하다. 우아하게 때로는 격렬하게, 그러다가는 숨을 훅 삼키는 것처럼 고요하게.

♪

그렇다! 플라이낚시는 낚시꾼이 강을 따라 도는 자연과 교향
곡을 연주하는 일이다.

그것은! 모든 것을 잊고, 당신을 잊고, 계속 낚싯줄을 휘두르라
고 하는 명령이다.

강은! 오케스트라의 무대, 물결의 흐름을 둘러싼 녹색과 하늘
은 청중, 개개비가 휘파람을 불며 응원해주고 있어.

사내는! 꽃처럼 피어야 한다. 그것은 푸르른 흐름에 감싸여 스
스로를 축복하는 존재다.

"우리 집에서는 플라이낚시와 종교의 경계선이 애매모호했다.
우리는 몬태나 서부의 훌륭한 송어 낚시터가 되는 강의 합류 지
점에 살았다. 아버지는 장로파 목사였는데, 스스로 플라이를 감
아 남에게도 가르쳐주는 플라이낚시꾼이었다. 아버지는 두 아
들에게 이렇게 가르쳤다. 예수의 제자들은 다들 낚시꾼이었단
다. 갈릴리 호수의 우수한 낚시꾼은 모두 플라이낚시꾼이었어.
그리고 우리가 제일 좋아하는 요한은 드라이 플라이낚시꾼이
었지. 그 말씀을 듣고 우리는 그렇게 믿었다."

"낚시는 바깥 세계와 동떨어진 우주의 세계다. 거기에는 각각의
낚시마다 특별한 소우주가 있다. 낚시꾼은 물고기 한 마리, 낚
시꾼 한 사람에게조차 협소할 수 있는 물의 세계에서 커다란 물

고기를 낚으려고 한다."

―〈흐르는 강물처럼A river runs through it〉, 노먼 맥클린Norman Maclean

서구 문학계에서 플라이낚시는 종교와 비슷한 취미라고 이야기한다. 영국의 작가 로렌스 더럴Lawrence Durrell은 이렇게 썼다.

> "독신인 존 경에게 낚시는 거의 종교와 다르지 않았다. 여하튼 신사록紳士錄(사회적 지위가 있는 사람의 신상에 관한 여러 가지를 적은 문서―옮긴이)이 이 스포츠에 대한 대사大使의 정열을 단지 '취미'라고 기술한 것은 오류를 범한 것이 되고, 그렇다면 그것은 더 이상 취미가 될 수 없다고 메슈인은 생각했다."
>
> ―〈세르비아의 흰 독수리White Eagles Over Serbia〉

〈세르비아의 흰 독수리〉는 오락 스파이 소설이다. 영국의 첩보기관원인 주인공이 낚싯대를 손에 들고 낚시꾼으로 변장해 옛 유고슬라비아에 잠입하는 이야기다. 이 이야기의 영향을 받아 나는 1970년대 크로아티아의 강으로 송어 낚시를 갔다. 나중에 안 일이지만 그것은 당시 유럽인에게조차 '모험 여행'이었다.

크로아티아 고원을 가로지르는 강에서 낚시로 소일하던 그해 여름의 3주일이 내 운명을 결정지었다. 유럽에서 가장 아름다운 석회암 계곡chalk stream이라고 추앙받는 가카Gacka 강과 고원에 자리 잡은 마을과 마을 사람들이 내게 소중한 것을 가르쳐주었다.

이야기 순서는 좀 뒤바뀌었지만, 나를 낚시의 세계로 이끈 인물은 어니스트 헤밍웨이Ernest Hemingway였다. 특히 단편집 〈우리 시대에 In Our Time〉에 있는 〈두 개의 심장을 가진 큰 강Big Two-Hearted River〉이라는 작품이 결정적이었다. 이 자전적 단편소설은 그의 최고 걸작이라고 할 수 있다.

제1차 세계대전에 의용병으로 나간 주인공 닉은 마음에 깊은 상처를 입고 귀국한다. 배낭에 캠프 도구와 낚시 도구, 그리고 전쟁의 부조리와 친구의 죽음을 가득 채운 그는 화물열차에 몸을 싣고 고향의 강으로 낚시를 하러 간다. 강기슭 높은 곳에 캠프를 치고 아무도 없는 강에서 혼자 송어 낚시에 열중한다. 낚싯대에 끼우는 미끼로는 메뚜기를 매달아 커다란 송어를 낚았다. 닉의 독백으로 이야기하는 이 소설은 실제로 낚시에 열광했던 헤밍웨이가 아니고서는 도저히 쓸 수 없는 작품이다.

닉의 송어 낚시는 전쟁 체험으로 사로잡힌 악령을 제거하는 주술적인 의식 같은 것으로 그려진다. 강기슭의 숲과 초원, 강, 그곳을 흐르는 차가운 물과 굵직한 송어가 주인공의 마음을 어루만져준다.

'이거다! 이것밖에 없다!' 소설을 읽은 나의 머릿속에 200와트 전구가 번쩍 켜졌다. 구니타치에 살던 나는 고쿠분지国分寺의 플라이 숍에 뛰어들어 플라이낚시 도구를 빠짐없이 샀다. 그리고 야영 도구를 배낭에 쑤셔 넣고 야간열차에 몸을 실었다. 당시 나는 아직 자

동차가 없었다.

행선지는 동북지방으로 아사히朝日 산봉우리 기슭을 흐르는 강이었다. 학생 시절에 이 산맥을 종주한 적이 있었다. 하산할 때 이 강가를 따라 내려왔던 것이다. 하얀 화강암이 눈앞에 탁 트이게 펼쳐진 강가 모래바닥에 한 줄기 차가운 물이 흐르는 강이다.

숲길 옆에 풀밭 평지가 있었다. 그 벼랑 아래에는 물고기가 잘 낚일 것 같은 강폭의 흐름이 있었다. 닉 아담스를 떠올리면서 그곳에서 캠핑을 즐겼다. 강물에 제물낚시를 던졌다.

곤들매기가 걸려들었다. 그 무렵 일본의 물고기는 드라이 플라이를 알지 못했다. 그래서 서투른 낚시꾼의 제물낚시에도 곤들매기가 쉽게 속아 걸려들었다.

강바닥 모래에서 마른 나뭇가지를 주워 불을 피웠다. 마치 닉이 한 것처럼 스킬릿skillet(긴 자루가 달린 스튜 냄비-옮긴이)에 메밀가루 팬케이크를 구웠다. 낚시로 잡은 곤들매기는 버터구이를 해서 먹었다.

그런 다음 침낭에 기어들어가 〈월든〉의 좋아하는 대목을 읽었다. 금세 잠이라는 배가 마중을 나왔다. 아침 햇살에 눈을 떴다.

이 여행에서 돌아와 나는 자신감을 되찾았다. 학생 시절 5년은 아무래도 상관없었다.

다부치는 학생 시절 후반기를 학원 분쟁의 소용돌이에 휘둘리며 보냈다. 학생운동의 물결이 밀어닥친 문학부의 학생으로서 그 길은 피하려야 피할 수 없었다.

망망대해에 던져진 것처럼 어디로 가야 할지 모르는 나날이었다. 오시마가와大島川 강의 낚시 여행이 낚시와 곤충 채집을 좋아하던 어린 시절로 자신을 데려다주었다.

자동 이륜차와 사륜차 면허를 땄다. BSA 500cc 단기통 골드스타를 샀다. 스바루 사륜구동 에스테이트 밴을 샀다. 일껏 좋아진 강에 다니려면 자동차가 필요하다. 오쿠타마奧多摩 같은 강에는 BSA로 다녔다. 먼 곳으로 갈 때는 스바루에 캠핑 도구와 플라이 낚싯대를 싣고 떠났다.

지금으로부터 40년도 지난 옛날에는 '캠핑 금지' 같은 간판을 찾아볼 수 없었다. 자동차에 캠핑 도구를 가득 싣고 떠나는 사람도 찾아볼 수 없었으니 당연하다. 1970년대와 1980년대 전반기에 동료와 함께 떠난 캠핑카 낚시 여행은 꿈같은 추억이다. 우리는 아무도 모르는 비밀스러운 즐거움을 알아 버렸다. 강가에 있는 풀밭에 눌러앉아 일본의 플라이낚시라는 꿈을 낚아 올렸다.

"아무도 하지 않는 일은 금지당하지 않는다. 또 누구에게도 방해받지 않는다." 정보가 없는 세계를 손발로 더듬어 추구하는 여행은 낭만적이다. 그렇기 때문에 고생스럽기도 하지만 그 열매는 기대한 것보다 훨씬 달콤하다. 당신의 제물낚시라도 미끼를 물어주는 순진한 송어와 곤들매기는 정보화되지 않은 흐름 속에서 입을 벌리고 있다.

재미있는 이야기를 하나 해보겠다.

희유금속 헌터는 가방 하나만 메고 변경 지방을 찾아간다. 희유금속 산지에는 온 세계 각지에서 헌터들이 모여든다. 그들은 시골 마을 술집에서 정보를 교환한다. 녹음이나 메모는 금한다. 알코올에 취한 척하는 여우와 너구리가 속임수가 잔뜩 섞인 잡담을 나누는 정경이다. 희유금속 산지의 지명과 수상한 정보가 왔다 갔다 한다.

새벽이 밝으면 헌터는 자기 숙소로 되돌아간다. 그리고 유유히 노트북을 기동시켜 비밀의 희유금속 소프트를 모니터에 띄운다. 술집에서 주워들은 산지를 검색하기 위함이다. 다음날 아침 일찍 그는 검색 소프트에 없던 지명의 토지를 향해 돌진한다. 다시 말해 가치가 있는 정보란 다리의 근육과 땀으로 얻을 수 있다는 말이다.

내가 사는 산촌은 지쿠마가와千曲川 강의 원류 지역이다. 강은 눈이 탁 트이는 계곡을 흐른다. 플라이 낚싯대를 휘두르기 쉽다. 낚시터에 접근하기도 쉽다. 도심에서도 당일치기로 낚시를 다녀올 수 있는 거리에 있기 때문에 외부에서 찾아오는 낚시꾼의 발길이 끊이지 않는다. 이곳은 플라이낚시꾼의 메카가 되었다.

강에는 곤들매기가 헤엄치는 물결이 넘실거린다. 강물에 물고기 그림자가 줄을 잇는다. 그런데 낚시꾼이 너무 많으면 물고기는 의심을 하고 아주 교활해진다. 더구나 최근에는 낚시꾼이 블로그 등을 통해 정보를 자주 교환하기 때문에 강줄기 하나, 돌 하나 아래에 숨어 있는 물고기까지도 다 정보화되어 있다. 낭만적이었던 시대의 플라이낚시를 잘 아는 노회한 낚시꾼angler으로서는 참으로 번잡스럽고 착잡한 상황이다.

그렇지만 인간 세상이야말로 제행무상諸行無常 아닌가. 오늘은 어제와 같고, 내일은 오늘의 연속이다. 모든 것은 계속 변하고 있다. 아름다운 플라이낚시의 하루를 낚아 건져 올린다면 이 할아범은 새벽이 오기 전에 죽어도 여한이 없다. 그러나 나는 아직 살아 있다. 낚시꾼은 백 살까지 낚시를 잊지 못한다. 그것이 업보다. 열심히 연구해서 외부에서 온 낚시꾼에게 지지 않겠다는 마음으로 노병은 노병 나름대로 낚시의 권모술수를 획책해보기로 한다.

토박이 낚시꾼의 낚시는 물고기를 얻으려는 노동이다. 예전에는 그렇지 않았지만 어느새 그렇게 되었다. 낚은 물고기를 전부 집으로 가져가지 않는다면 강으로 갈 동기가 없어진다.

낚시 한 번에 곤들매기 세 마리를 가지고 돌아온다. 두 마리는 나와 아내의 저녁 찬거리가 된다. 나머지 한 마리는 고양이 두 마리를 위한 밥이다.

고양이도 그렇지만 시즈오카静岡 해변에서 자란 아내는 신선한 생선이라면 사족을 못 쓴다. 내가 강으로 나가면 아내는 투실한 곤들매기를 기대한다. 그녀의 관심은 건네받을 통발의 무게로 향한다.

솔직히 말하면 나는 내 손으로 잡은 물고기를 먹는 일이 좀 망설여진다. 사랑스러운 생물을 먹는다는 생각이 머리를 떠나지 않기 때문이다. 뱃속에 들어간 물고기는 더 이상 헤엄칠 수 없다는 생각이 든다.

그럼에도 '먹어라'고 자신에게 말한다. 이 심정을 어떻게 말하면 좋을까? "먹어야만 야생의 생명이 소중하다는 것을 알 수 있다. 그렇지 않으면 낚시를 그만두어라." 그렇게 스스로를 타이른다. "난 친구를 먹지 않아요." 이렇게 말하는 사람은 게임 소프트 낚시나 해라.

야생을 상대로 삼는 오락에는 '마음의 아픔'이 따른다. 그렇기 때문에 의미가 있다. 그렇지 않다면 낚시도 사냥도 저속한 악취미의 오락이 되어 버릴 것이다.

♪ ♪

트레일러에 커다란 고무보트 두 대를 싣고
자동차의 짐칸에 낚시 도구를 가득 싣고

어제는 매디슨Madison 강
오늘은 클라크포크Clark Fork 강
내일은 미줄라Missoula 강
낚시를 떠나, 낚시를 떠나
건초염에 걸릴 만큼 낚싯대를 휘둘러
무지개송어, 브라운송어, 브라운송어
무지개송어 또 무지개송어
코튼우드Cottonwood는 황금색으로 불타고

무지개송어의 뺨은 주홍색

브라운송어의 주홍색 점은 멋진 루비

이곳은 몬태나 시골구석의 또 구석

졸졸 흐르는 강물 위

너의 고민이나 거짓말

너의 꿈이나 담석 따위 알 게 뭐냐

너 역시 기껏해야 정년퇴직할 때까지

오늘 하루를 회사에서 바쁘게

시간을 때웠으면 충분하지 않아?

계절은 가을이고

날씨도 좋았다.

물수리가 강 위를 날아오르고 있었다.

　플라이낚시는 열병과도 같다. 플라이낚시 열병에 걸린 낚시꾼은 없는 일을 떠벌리기 시작한다. "난 몬태나에 살면서 플라이낚시 가이드가 될 거야. 그래서 실존적인 고독의 뜰을 가꿀 테야." 아니면 이런 식이다. "플라이낚시 가게를 차려서 낚시의 심연에 파묻힐 거야." 흠, 이런 병에는 쓰려야 쓸 약도 없다.

　그런데 죽음에 이르는 병은 아니다. 건전한 사람은 감염되지 않는다. "가난을 즐겨라!" 이렇게 웃고 있으면 그것으로 족하다.

그러나 본인은 진지하다.

♪♪

조금만 더, 조금만 더 당신 곁에 있게 해줘

사실은 계속 이렇게 있고 싶어

조금만 더, 조금만 더 당신 꿈을 꾸게 해줘

끝나지 않을 우리 둘의 세계를

꼭 안아줘

우리 둘의 시간이 영원하진 않겠지만

추억만이 쌓여가도록

이대로 꿈꾸게 해줘

–〈조금만 더もうすこし〉, 다마시로 치하루玉城千春 작사·작곡

그는 10년도 넘게 기로로Kiroro(일본의 여성 대중음악 듀오-옮긴이)의 이 노래만 흥얼거리고 있다.

그는 강이라는 우주에 홀딱 사로잡혀 있다. 강의 여신이 그를 부른다. 그의 귀에는 감미로운 하프 화음이 언제나 들려온다. "저기, 이렇게 기다리고 있는데 언제 만날 수 있어요? 카디스Cádiz(날도래)가 성충이 되어 강물에 송어의 물결무늬가 퍼지고 있는데 말이에요." 하프는 그렇게 노래하고 있다.

1789년 7월 14일, 들고 일어난 민중이 바스티유 감옥을 습격해 프랑스 혁명의 서막이 올랐다. 이런 보고가 있었다. "그날 센 강물에 낚싯줄을 드리운 낚시꾼의 수는 늘어나지도 줄어들지도 않았다." 지금도 그 옛날도 낚시꾼은 하나같이 문학적인 은둔자일까? 아니면 염세적인 철학자일까? 참으로 낭만적인 이야기다.

그렇지만 낚시꾼을 미화하는 경향은 낚시꾼의 자기만족이기도 하다. 낚시하러 마을의 강을 돌아다니다 보면 강가에 버려져 있는 쓰레기는 전부 낚시꾼이 버린 것이다. 빈 캔, 담배꽁초, 낚시 도구 묶음 등. 낚시꾼의 주차장에는 편의점의 도시락 용기와 생수병이 반드시 버려져 있다. 그 양은 예나 지금이나 그다지 변함없다. 마을 사람은 낚시꾼 손님에게 고운 시선을 돌리기 어렵다. 당연하지 않은가. 마을 사람은 낚시꾼을 '천박한 놈들'이라고 여기니까 말이다.

한편 근처의 강물도 예전처럼 맑고 푸르지 않다. 누구도 돈 안 되는 강 따위는 거들떠보려 하지 않는다. 올해 봄 면사무소 앞 강물에 곤들매기가 배를 뒤집고 떠올랐다. 상추를 재배하려고 뿌린 농약이 강물로 흘러 들어간 탓이다. 사람들은 농약의 하천 유입과 후쿠시마의 오염수 유출은 하등 다를 바 없는 사태라는 것을 어째서 깨닫지 못하는 것일까?

강은 강가에서 살아가는 사람들의 마음을 비추면서 흐른다. 강은 우리 시대와 우리 마음을 비추는 거울이다.

원자력 발전소를 재가동했다. 그 발전소 이름이 '센다이川內', 즉

'강물 속'이라는 사실은 낚시꾼이 그냥 웃어넘길 수 없을 만큼 아이러니하다.

제대로 된 행정이 결여되어 있다. 성심을 다하는 정치가가 필요한 것일까? 아니, 그렇지 않다! 정치나 행정은 우리 마을 사람, 동네 사람, 시민, 국민의 마음을 비추면서 흘러갈 뿐이다. 오늘날의 정치나 행정은 오늘날의 우리 마음을 비추는 일그러진 거울이다. 필요한 것은 개개인의 진정한 마음이다. 절대적으로 어리석다는 것을 알면서도 원자력 발전 재가동을 멈출 수 없는 것은 마음속 깊이 그것을 용인하고 있기 때문이다. 나중에야 될 대로 되건 말건 알 바 아니라는 것이다. 우리는 찰나적인 시대를 살고 있다.

그렇지 않은가? 여러분! 정직하게 말해보라.

"그러면 우리가 무엇을 할 수 있단 말인가?" 이 물음을 생각해봤다. 나는 미나미사쿠南佐久 남부어업협동조합의 조합원이다. 감시원이 차는 빨간 완장도 갖고 있다.

여행 온 낚시꾼 여러분, 낚시 면허를 사주십시오. 당신의 입어료入漁料는 여러분을 위한 방류 자금으로 쓰입니다. 내수면內水面(바다를 제외한 모든 수면-옮긴이) 어업협동조합의 사업은 자원봉사입니다. 조합원이 고령화하고 있습니다. 여러분의 지원이 필요합니다.

동아리라도 만들까? 계곡의 시냇물에서 낚시하는 건전한 오락과 복지를 위한 동호회 말이다. 애칭은 'C.C.R'이라고 하고 싶다. 'Cold Clearwater Revival'의 약칭으로 말이다. 그리운 록밴드 이름에서 따온 것이다.

로고 마크는 '국기'가 좋겠다. C.C.R은 조국의 아름다운 산천의 부활을 바라는 사람들의 동아리이기 때문이다. 나는 국수주의자가 아니다. 하지만 국기는 좋아한다. 내 도시락에는 밥 한가운데에 빨 갛고 커다란 매실 장아찌가 떡하니 박혀 있다. 좋은 기운이 느껴지 기 때문이다. '밥과 매실 장아찌로 돌아가자.' 이것이 내가 생각하는 일본 국기의 뜻이다.

사회적으로는 아무것도 공헌하지 못하고 무위도식을 일삼은 사 람이지만, 명이 길어 이제껏 살아 있는 만큼 조금이라도 죗값을 덜 기 위해 C.C.R의 설립을 진지하게 생각해보는 하루다.

9월이 되면 남쪽 계곡을 찾아간다. 그 땅에는 오랜 낚시 친구가 있다. 어제 다모쓰에게 전화했다. JR 니세코 역 구내에서 카페를 운 영하는 다모쓰는 여름 해질녘에 가까운 시리베쓰尻別 강에서 낚시 를 하며 지낸다. 다모쓰와는 35년 지기 낚시 친구다.

"오샤만베長万部 마을의 데라시치도 아직 낚싯대를 흔들고 있을 까?" 다모쓰에게 이렇게 물었다.

"아직 하겠지! 낚시꾼이 낚시를 안 하면 죽은 것일 테니까." 이렇 게 대답하는 다모쓰의 쾌활한 목소리가 들뜬 듯 들렸다.

"그렇겠지? 그래, 그럴 거야." 가슴을 울리는 다모쓰의 말이 왠지 기뻤다.

도난道南(홋카이도 남서부를 지칭) 지역의 강은 내가 있는 곳에서 가깝다. 마쓰모토松本·지토세千歲 편 비행기가 있기 때문이다.

낚시하는 마음은 모드로써 존재한다. 사전을 찾아보면 'Mode'는 양식, 행동, 습관, 유행, 패션 등이라고 되어 있다. 그래도 모드는 모드라고밖에 표현할 수 없는 이상한 단어다.

사람의 행동은 모드의 자극으로 움직인다. 단적으로 유행이라는 모드가 그렇다. 시대의 모습도 그렇다. 주가의 널뛰기도 그렇다. 왜 비참한 전쟁이 끊이지 않을까? 그것도 모드가 이룩해낸 결과다. 시대를 전쟁 모드로 몰아붙이는 일에만 열중하는 정치가가 사람들을 호전적으로 만든다. 뒤집어 말하면 '시대의 모드를 미리 취하는 자가 시대를 움직인다'는 말이다. 붐은 모드의 과잉이 겉으로 현저하게 드러난 현상이다.

모드는 파악할 수 없는 분위기나 공기 같은 것으로 존재한다. 생각건대 모드에 코드(기호, 암호)라는 말이 중첩될 때 사람과 시대는 민감하게 반응한다.

내가 플라이낚시에 열중하는 것도 모드의 산물이라고 할 수 있다. 요즘 유행하는 등산과 아웃도어 야외활동의 붐도 모드의 하나다. 식습관도 마찬가지다.

모드의 저편에 소중한 것이 있다. 모드의 자극을 받아 이루어낸 것을 통해 무엇을 배울 것이냐 하는 점이다.

내가 낚시 모드가 아닐 때는 이렇게 생각한다. "낚시에 정신이 팔려 있는 놈들은 바보 멍청이다. 더 가난해질 뿐이다!" 그러나 낚시 모드로 스위치를 켜면 이렇게 생각한다. "깨끗한 물가에서 시간을 덧없이 보내는 게 왜 이렇게 즐거울까? 사람들은 입버릇처럼 바쁘다, 바빠 죽겠다고 말하지만, 그런 사람 중에 정말 꼭 해야 할 중요한 일을 하는 사람은 만나본 적이 없다."

> "낚시는 혼자가 되기 위한 구실이 된다. 낚시는 심심풀이로 시간을 보내거나, 깊은 생각에 잠기거나, 빈둥빈둥 놀면서 지내거나, 꿈을 부풀리거나, 음모를 꾸미기에는 둘도 없이 유용한 행위다."
> -세리든 앤더슨Sheridan Anderson(미국의 유명 플라이낚시꾼이자 작가)

제
6
화

꿈을 실현시킨 세 평의 오두막

10년쯤 전 마당에 세 평짜리 오두막을 지었다. 전기가 없는 생활을 즐기고 싶었기 때문이다.

　아인슈타인은 '시간은 굽이쳐 흐른다'고 말했다. 그렇다면 시간은 평원을 뱀처럼 기어가듯 흐르는 강과 같을지도 모른다. 활처럼 휘어진 강줄기와 강줄기 사이에 비밀 터널을 뚫으면 우리는 시대를 오갈 수 있을지도 모른다. "전깃줄을 치지 않으면 이 터널은 쉽게 뚫을 수 있지 않을까."

　아마도 전기가 없었던 시대에는 사람들이 지금보다 훨씬 느리게 살았을 것이다. 시간은 유유하게 흐르는 대하와 같고, 계절은 차이콥스키의 교향곡처럼 바뀌었을 것이다.

　사람은 지금 어디를 향해 가고 있는지도 생각하지 않은 채 무조건 앞을 향해 무서운 속도로 내달리고 있다.

　전기가 없는 오두막의 시간은 조용하게 흘러간다. 그곳에는 정적이 있다. 이 고요는 기분 탓도 아니고 그저 믿음도 아니다.

깊은 산속에서 살다 보면 여름 오후에 종종 퍼붓듯 소나기가 내리고 번개가 친다. 그러면 전력회사의 차단기가 자동으로 작동해 일대는 정전 사태에 놓인다.

전기가 들어오지 않는 집은 무척이나 고요함 속으로 빠져든다. 이 고요함은 텔레비전도 전깃불도 끄고 마루에 누울 때 느끼는 고요함과 다르다. 깊숙한 고요함이 온 집 안을 채워간다. 행동거지가 이 고요함에 이끌려 우아해진다.

엄밀하게 말하면 둘러친 전깃줄은 하루 종일 앵앵거리며 낮은 소리를 낸다. 이 저주파가 사람 귀에는 들리지 않지만 공간을 휘젓고 있다. 정전이 되었을 때 찾아드는 정적이 그것을 가르쳐준다.

마당의 오두막은 19세기의 시간 속으로 찾아가기 위한 공간이다. 이곳은 내 도서실이다. 맥주 캔을 한 손에 들고 독서에 빠져든다. 또 젊은 방문객을 위한 게스트 오두막이기도 하다. 이 오두막의 인기는 해마다 올라가는 중이다.

지금으로부터 32년하고도 5개월 전에 이곳으로 왔다. 가을이었다. 날씨도 좋았다. 빨간 함석지붕에 떨어진 물참나무의 도토리가 지붕을 타고 미끄러져 현관 앞의 주차 공간에 떨어져 데굴데굴 굴러다녔다. 그 소리는 자연을 꿈꾸는 사내의 '도쿄 탈출 협주곡'을 연주하는 화려한 카덴차cadenza(협주곡에서 끝나기 직전 연주자가 기교를 부리는 독주 부분-옮긴이)였다.

이 집으로 이사 왔을 때는 수도도 가스도 없었다. 마당으로 이어진 계곡에서 솟는 샘물을 길어 먹었다. 대만제 장작 스토브에 불을 때고 밥을 해먹었다. 장작 스토브에 불을 때지 않을 때는 콜맨의 투 버너 가솔린 스토브로 물을 끓였다.

내가 여기로 온 것은 '월든 열기'에 감염되었기 때문이다. 서른이 지날 무렵 헨리 데이비드 소로의 〈월든〉에 빠져들었다. 이와나미岩 派 문고의 〈숲의 생활 월든〉을 학생 시절에 번역한 적이 있다. 그러 나 책을 깊이 읽어내지는 못했다. 당시 나는 문학부에 적을 둔 이른 바 좌익 과격파의 동조자였다. 더욱 직접적이고 근본주의적인 책을 원했다.

1970년대 후반에 미국 서해안과 중서부를 석 달 동안 여행했다. 도요타 사륜차에 캠핑 도구를 잔뜩 싣고 다니는 가난한 여행이었 다. 캘리포니아, 오리곤, 몬태나, 와이오밍, 콜로라도 등 도시를 벗어 나 외진 곳으로 이동하는 인텔리겐치아 히피의 여정을 따라가는 여 행이기도 했다.

여행에서 돌아와 나무 상자 구석에 처박아두었던 〈월든〉을 집어 들고 먼지를 털었다. 그리고 월든 연못의 깊은 곳으로 흠뻑 빠져들 었다. 그때에서야 겨우 이 책을 탐독할 만한 마음의 준비가 되었던 것이다. "얼마나 멋지고 근본적인 책이란 말이냐." 여기에서 근본적 이라는 말 'radical'은 당시 '과격파'의 대명사와 같이 쓰였다. 그러 나 원래 그 말은 '근본적임, 바탕을 이룸'이라는 뜻이다.

〈월든〉은 자연과 깊이 교섭함으로써 인생의 근본이 어디에 있는

가를 탐구하는 사람들을 위해 저술한 낭만적인 철학 책이다.

> "내가 숲으로 향한 까닭은 내 인생에 소중한 것과만 대면하면
> 서 신중하게 살아가고 싶었기 때문이다. 숲이 내게 가르쳐준
> 것을 어떻게 배울 수 있는지 확인하고 싶었다. 숨을 거둘 때 자
> 신의 삶을 살지 못한 내 자신과 만나고 싶지 않았기 때문이다."
> 〈월든〉

달이 차고, 별이 돌고, 몇 번이나 계절이 바뀌었다. 소로는 월든에
2년 4개월을 살았다. 나는 30년 이상 이곳에 살고 있다. 시대는 어
지러울 만큼 계속 변화하지만 꿈꾸는 사내의 꿈은 줄곧 이곳에 이
대로 하나도 변하지 않았다.

> "시간은 내가 낚시하러 가는 강물이다. 나는 그곳에서 물을 마
> 신다. 물을 마시면서 모래바닥을 보고 강이 얕음을 안다. 얕은
> 강물은 미끄러지듯 가버린다. 그러나 영원은 그곳에 머물러 있
> 다. 나는 더 깊이 물을 마시고 싶다. 별들이 모래처럼 반짝이는
> 하늘에서 낚시를 하고 싶다." 〈월든〉

월든 열기에 감염당한 자는 영원히 감염 상태를 벗어날 수 없다.
왜냐하면 감염자 누구도 치유를 원하지 않기 때문이다.

추운 산속에서 오래 살면서 우리 집도 살기 편해졌다.

> "당신이 공중누각을 세웠다고 해도 그것이 헛수고로 끝난다고 단정 지을 수는 없다. 그 성城은 당연히 있어야 할 것이라 그곳에 있는 것이므로 나중에 그곳에 토대를 다져넣으면 된다." 〈월든〉

나는 15년이나 걸려 돌로 지은 감옥처럼 이 집에 견고한 토대를 다져넣었다.

꿈꾸는 사내의 꿈은 이루어졌다. 그러나 사람은 자신의 꿈이 이루어진 다음을 생각하지 않는다. "어떻게 하지?" 꿈꾸는 사내는 생각했다. "꿈을 꾸던 처음으로 돌아가자!" 그는 이렇게 생각했다.

사람의 꿈과 욕망은 목적지가 없다. 목적지가 없다는 것에 브레이크를 걸기 위해 기름 램프를 켜는 오두막이 마당에 있다.

15년 전에 본채를 증축했다. 그 방은 소로의 오두막과 똑같은 크기로 만들어졌다. 천장이 없이 아래층에서 위층까지 뚫려 있는 다섯 평, 다다미 10장 크기의 방이다. 지붕에는 스카이라이트(천창에 낸 창문)가 있다. 박공지붕의 박공 아래에는 이중유리를 끼웠다. 채광이 좋도록 설계했다.

방의 모서리에는 소형 장작 스토브를 놓았다. 윌리엄 모리스William Morris(영국의 공예가이자 시인, 사상가-옮긴이)의 '아트 앤드 크래

프트Arts and Crafts'를 복제한 소파 침대도 놓았다.

이 방은 단행본 편집자인 아내의 사무실로 사용하고 있다. 작업 때문에 밤을 샐 때는 소파 침대에서 쪽잠을 잘 수 있다.

이 방의 지하실은 목공 공방의 한 부분을 이루고 있다.

소로의 오두막은 미니멈 하우스이다. 그는 월든의 오두막을 하우스(집)라고 불렀다.

바닥 면적 5평이라는 집의 크기는 참 재미있고 흥미롭다. 소로의 오두막에는 다락방이 있었다. 지하실도 있는데 채소 저장고root cellar가 되었다.

우리 마당에 있는 오두막은 3평이지만 다락방이 있고 지하실은 채소 저장실이다. 독신이었던 소로에게는 충분히 넓었을 것이다. 방 안쪽에는 마당으로 삐죽 나온 커다란 난로를 놓아두었다.

야외 활동을 좋아하고 자연에 가까이 다가가고 싶다면 소로의 〈월든〉을 읽으시라. 그리고 〈월든〉에 취하시라.

어딘가 기분 좋은 잡목림이 우거진 대지를 찾자. 한 평에 10만 원 이하라면 사 버리자. 160년 전의 소로가 되어 나무를 베자. 그것으로 장작을 패서 방을 따뜻하게 덥히고 요리용 화력으로 사용하자.

처음에는 전기나 수도가 없어도 좋다. 숲의 한쪽 작은 집에 작은 장작 스토브를 설치하고 기름 램프를 켜자. 주말의 소로가 되어 숲 속 생활을 즐기자.

하고 싶은 일이나 꿈이 있다면 곧장 실행에 옮기자. '정년퇴직하

면 언젠가 어딘가에서'라고 생각하면 너무 늦는다. 자연의 가르침
은 젊은 시절에 배워놓지 않으면 열매를 맛볼 수 없다. 육체적인 의
미에서도, 정신적인 의미에서도 그렇다.

　꿈은 꿈꾸는 자를 배신하지 않는다. 꿈의 실현을 주저하는 자가
꿈을 배신한다.

제
7
화

인류의 역사는 양봉의 역사

꿀벌은 바쁘다.
바쁘다는 형용사는 BUSY.
돈벌이에 바쁜 사람을
비즈니스맨이라 한다

"벌은 애완동물 같아요. 얼마나 귀여운지!" 아마추어 양봉가는 이렇게 말한다. "본심은 달콤하고 맛난 벌꿀을 착취하고 싶을 뿐이면서!" 이런 의견도 있지만… 그야 그렇다 치고 양봉 애호가는 늘어나는 추세다. 바람직한 일이다.

꿀은 살아 있는 생물을 죽이지 않고 얻을 수 있는 귀한 먹을거리다. 일본에서도 자기 마당에서 벌을 치는 사람이 늘고 있다. "파리는 녹음이 우거진 도시라고 할 수 있어. 그래서 아파트 옥상이나 베란다에서 양봉을 치는 일이 알게 모르게 붐을 이루고 있지." 파리 대학의 교수인 친구가 말해주었다.

그러고 보면 아마추어 양봉가 인구의 증가는 앞으로 나아가는 사회적 발전이다. 그것은 취미와 실익을 겸한 자연 취미다. 양봉은 자기들이 사는 대지의 자연환경에 시선을 돌리고 자연의 존귀함을 지키는 일이기 때문이다.

양봉이란 벌꿀 또는 밀랍이나 꽃가루를 채취하기 위해 꿀벌을 사육하는 일이다. 아울러 충매蟲媒로 농산물의 수분受粉을 확실하게 해주는 일이기도 하다.

행정 분야에서는 양봉의 꿀벌을 가축으로 파악한다. 양봉의 관할은 농림수산성 축산가에 속한다. 양봉은 낙농과 비슷하다고 할 수 있다.

일본 국내의 전업 양봉가는 5,000명 남짓이다. 그중 이동 양봉가는 200명이 좀 넘는다고 한다.

이동 양봉가란 계절에 따라 마치 노마드(유목민)처럼 꿀벌의 벌집 상자를 이동시키면서 여행하는 사람을 일컫는다. 벌집 상자의 이동을 전사轉飼라고 한다. 따라서 업계에서는 전사 양봉가라고 부른다.

2월 가고시마鹿児島의 유채꽃밭에서 전사 양봉가는 여행을 출발한다. 그는 벚꽃 전선前線이 움직이는 봄을 따라가듯 이동한다. 6톤 트럭에 벌집 상자를 잔뜩 싣고 전사 양봉가는 일본 열도를 북상한다. 5월은 중부, 6월은 동북 지방, 7월과 8월은 홋카이도로 간다. 양봉의 노마드는 꽃피는 계절 따라 살아가는 낭만적인 이상향의 주민인 아르카디안Arcadian이라고 할 수 있다.

아르카디안은 가을꽃과 더불어 열도를 남하해 고향으로 돌아온다.

"양봉을 치면서 일본 열도를 돌아다니면 대지마다 시대의 모습을 선명하게 이해할 수 있어 흥미롭다."
−어느 전사 양봉가의 말

만약 내가 시대나 이 사회와 잘 맞지 않아서 망망대해에 떠 있듯 목적지도 없이 하루하루를 살아가는 젊은이라면 전사 양봉가의 길을 가보고 싶다. 4톤 트럭에 벌집 상자와 캠핑 도구, 플라이 낚싯대를 싣고 북으로, 북으로 올라가겠다. 트럭의 조수석에는 물론 여자 친구를 앉혀야 제격이다. 전사 양봉가는 깨끗하고 차가운 물이 흐르는 강의 하천 부지를 기꺼이 양봉장으로 선택할 것이다. 그는 매일매일 여름날 저물녘에 강의 수면에 제물낚시를 던질 것이다.

꽃과 꿀벌의 날갯짓 소리와 함께 보내는 아름다운 여름…. 인생은 승부가 아니다. 그런데도 당신이 이기고 지는 일에 매달린다면 나는 이렇게 말하겠다.

"여자 친구와 단둘이서 아름다운 여행을 떠난 놈이 진정한 승자다."

스페인의 알라니아Alania 동굴에서는 꿀을 따는 모습을 그린 벽화가 발견되었다. 벌거숭이 부인이 에스파르토esparto 풀로 짠 사다리를 붙잡고 있는데 한 손에 바구니를 들고 있다. 또한 벌을 진정시키기 위한 연기 피우기도 묘사해놓았다. 이 벽화는 1만~1만 5천 년 전 석기시대의 유물이다.

이집트의 투탕카멘 왕의 무덤에서 꿀을 저장해둔 항아리를 발견했다. 이 꿀은 아직도 먹을 수 있는 상태였다. 벌꿀은 3천 년 동안이나 저장할 수 있다는 것을 과학적으로 실증한 셈이다.

"603년 백제의 왕자가 미와야마三輪山 산에서 꿀벌을 풀어놓고 양봉을 시도했지만 실패했다."〈일본서기〉에 이렇게 쓰여 있다.

'양봉의 역사는 인류의 역사'라고 한다. 꿀은 신비한 감미료였고, 벌꿀 술은 종교 의식에 없어서는 안 되었다.

1853년 펜실베이니아의 L. L. 랑스트로스Langstroth가 틀에 달린 벌집 상자와 꿀을 분리하는 데 사용하는 원심분리기를 공개했다. 그의 발명 덕분에 비로소 벌을 죽이지 않고도 꿀을 채집할 수 있는 길이 열렸다. 이후 랑스트로스 식 양봉은 전 세계로 퍼졌고, 양봉은 농업 기술로써 보급되었다.

예전에는 벌꿀 채집이 벌집을 파괴해서 꿀을 강탈하는 사냥과 같았다. 양봉도 있었지만 꿀을 딸 때 벌을 죽였다. 현대의 양봉은 랑스트로스 식 양봉이다.

일본에서는 메이지 시대(1868-1911년)에 국책 농업으로 양봉을 장려했다. 꿀을 국산 감미료로 여기고 양봉을 보호한 것이다.

전후에 들어와서는 쿠바의 값싼 설탕을 수입하면서 국내의 양봉이 감미료 생산 산업이라는 의미를 잃고 말았다. 나아가 2003년 멕시코 FTA(자유무역협정)의 체결로 꿀의 관세가 철폐되었다. 이로써 국내 양봉 산업은 더욱 쇠퇴했다.

국내산 양봉은 가격 경쟁의 면에서 생각하면 도저히 성립하지 않았기 때문이다. 그러나 2006년 이후 전업 양봉가의 감소와 반비례하여 아마추어 양봉가가 대두하기 시작했다. 그즈음은 베이비붐 세대의 앞자리가 정년퇴직하는 때였다.

여러분은 저출산 고령화 사회를 부정적으로 보나요? 내 생각에 일본 열도의 인구는 3천만 명 정도가 이상적이라고 본다. 터놓고 말하면 3백만 명이 더 좋다고 생각한다. 일본 열도의 자연 경제력을 분자로 놓으면, 분모가 되는 인구가 적을수록 우리 삶이 풍요로워진다고 보기 때문이다.

일본은 잠재적으로 부유한 양봉 대국이 될 수 있다. 우리는 운이 좋게도 짙은 녹음이 우거지고 꽃이 만발하는 땅에서 살고 있는 까닭이다.

나이를 먹으면 꿀벌을 길러보고 싶다는 생각을 품고 있었다. 이제 충분히 나이를 먹었으니 양봉을 즐기기로 했다. 다행히도 좁지 않은 채마밭이 있다. 과일나무도 있다. 나무에 둘러싸여 살고 있기 때문에 꽃과 나무가 풍부하다.

여러 해 품은 꿈을 실현하기 위해 먼저 기후岐阜 시의 '아키타아秋田屋 본점'을 찾아갔다. 1804년에 창업했다고 알려진 이 회사는 일본 양봉 산업의 주축을 차지하는 존재다.

조난城南사업소장 양봉부 부장 고토 마사토後藤真人와 양봉부 부부장 니와 야스노리丹羽康徳가 반갑게 맞아주었다. 이 회사의 양봉장으로 안내받아 반나절 동안 강의를 들었다.

집에 돌아오자마자 양봉 기구 세트와 꿀벌이 도착했다. 마당에는 사과 꽃이 활짝 피었다. 벚꽃의 꽃송이에 꿀벌이 무리 지어 모여들고, 벌들의 날갯짓 소리가 소란스럽게 들린다. 그 모습을 바라보는 이 노인의 가슴도 고동친다.

자, 다음 이야기를 이어가자.

제
8
화

겨 울 산 양 봉 의 철 학

꿀벌이 노란색 꽃가루를 실어 나른다. 금달맞이꽃 꽃가루일까? 호박꽃, 오이꽃, 수박꽃도 색이 노랗다. 꿀벌이 똑같은 색 꽃가루를 많이 실어 나르는 것은 벌들이 건강하다는 증거다.

꿀벌의 뒷다리에는 '꽃가루 주머니'라고 부르는 섬모가 있다. 꽃 속에 기어 들어가 암꽃술의 화밀花蜜(꽃의 꿀샘에서 분비하는 꿀-옮긴이)을 빨아들이는 동안 꽃가루 주머니가 수꽃술의 꽃가루를 그러모으도록 되어 있다.

꿀벌의 먹을거리는 화밀과 꽃가루다. 꽃가루는 단백질로 이루어져 있다. 꽃가루는 꿀벌의 '고기'라고 할 수 있다. 그렇다면 탄수화물인 화밀은 꿀벌의 '밥'이라고나 할까. 그러나 이 밥은 흰쌀밥이 아니라 현미밥이다.

벌꿀의 비밀

도대체 꿀이란 무엇일까?

꿀의 원재료는 속씨식물의 화밀이다. 속씨식물이란 꽃을 피우는 식물인데, 그중에서도 종자식물의 화밀이 꿀의 원료다. 22만 종에 이르는 종자식물은 가장 진화한 식물군이다. 특히 충매에 의한 수분 식물이 한창때를 맞이하고 있다. 지상의 세계는 지금 '충매 수분 식물과 꿀벌의 훌륭한 공존으로 이루어져 있다'고 말해도 무방하다.

일벌은 복부에 있는 밀낭蜜囊(꿀주머니)에 화밀을 모아 벌집 상자로 돌아온다. 그리고 동료 일벌의 입으로 화밀을 옮겨 넣어주어 벌집 구조의 육각형 벌집 방에 저장한다. 막 실어 날라 벌집 방에 집어넣은 화밀은 60퍼센트가 수분이다. 타액의 효소와 날개의 회오리바람으로 수분을 낮추고 당도를 높인다. 수분이 20퍼센트까지 내려가 화밀의 숙성이 이루어지면 밀랍으로 벌집 방을 봉한다. 밀랍으로 봉한 벌집 안의 꿀은 3천 년을 족히 저장해도 끄떡없다.

이것이 벌꿀이다. 꿀은 유충의 먹을거리이며, 또 밀원蜜源(벌이 꿀을 빨아 오는 원천-옮긴이)이 없는 계절을 위한 성충의 저장 꿀이기도 하다.

설탕은 체내에서 일단 포도당과 과당으로 전화해서야 비로소 흡수된다. 꿀벌의 주성분인 포도당과 과당은 처음부터 당분이 장 안에서 소화된 상태다. 그래서 소화할 필요가 없다. 그만큼 위장에 부

꿀벌의 덕택이다.
올해는 라즈베리도 블루베리도
풍작이었다

담이 없다. 그것은 20분 뒤 혈액 속으로 들어간다. 운동선수의 스포츠 음료는 벌꿀로 만들어진다.

꿀은 활성 비타민과 12종류의 미네랄의 보고인데, 꿀의 신비는 '꽃가루 뭉치'의 은덕이라는 사실이 알려졌다.

꽃가루Bee Pollen는 수꽃술의 생식세포로 보통 세포의 몇 배나 많은 아미노산, 단백질, 비타민, 효소류를 포함하고 있다.

일벌은 모두 암컷이고, 사실 여왕벌은 일벌의 자식이다. 일벌의 알을 특별한 벌집 방에 숨겨두고, 로열젤리를 주면 여왕벌이 탄생한다. 로열젤리는 화밀과 꽃가루 뭉치와 벌의 타액으로 만들어진다.

1cc의 꿀은 2천에서 6천만 꽃가루의 입자를 품고 있다. 암꽃술의 화밀과 수꽃술의 꽃가루…. 속씨식물의 꽃의 정精, 즉 섹스의 분비물을 꿀벌이 농축시킨 호박색의 액체! 이것이 바로 꿀의 정체다.

화학적으로 생성되는 백설탕은 화학물실이다. 그것은 식품이 아니라 식품 첨가물이라고 봐야 한다. 백설탕은 소화 과정에서 체내에 축적되어 있는 비타민과 미네랄을 다량으로 소비한다. 백설탕에 독성은 없을지언정 지나치게 섭취하면 몸에 좋지 않다고 얘기하는 까닭이 여기에 있다.

꿀은 단순히 감미료가 아니다. 달콤하고 맛있는 자양분이 넘치는 식품이다. 맛있는 꿀은 숟가락으로 떠서 그대로 먹는 것이 가장 맛있다. 꿀은 그 자체가 아주 맛있는 고급스러운 단것이라고 할 수 있다. 버터와 설탕 덩어리로 만든 단것은 몸에 좋지 않다.

벌꿀의 가격과 가치

벌꿀이라는 식품은 가격이 제각각이다. 참치나 쇠고기라면 모르겠지만, 똑같은 꿀이면서도 어째서 그럴까? 내 옆에 펼쳐져 있는 나가노 생활협동조합의 주문 카탈로그를 훑어보면 이렇게 차이가 난다.

- 국산 아카시아 꿀 350그램 ¥2080
- 유럽산 아카시아 믹스 350그램 ¥738
- 남반구산 아카시아 믹스 400그램 ¥680
- 뉴질랜드산 액티브 마누카 꿀 250그램 ¥6980

같은 국산 꿀이라도 가격은 꽤 차이가 난다. 그러나 생산자 가격으로 보자면 1킬로그램에 5천 엔 전후라고 해야 할까? 올해 여름 마당에서 채집한 꿀의 가격이 얼마쯤인지 나는 모른다. 하지만 이 꿀의 경제적 가치를 1킬로그램에 5천 엔이라고 하기는 좀 그렇다.

그것은 이런 계산으로 나온 비용 때문이다.

꿀벌의 사회는 여왕벌 한 마리와 만 단위의 일벌과 소수의 수벌로 이루어진 집단이다. 이 집단을 일군一郡이라고 한다. 양봉장의 자연환경과 그해의 기후 조건에 달라지지만, 한 계절에 일군의 벌집 상자에서 20~30킬로그램의 꿀을 채집할 수 있다. 그러니까 꿀벌

집단 10군에서는 한 계절에 200~300킬로그램을 채집할 수 있다.

양봉에 드는 모든 관리 비용을 제하고 10군의 집단에서 한 계절에 200킬로그램, 100만 엔의 경제적 가치라고 보면 타당할 것이다.

꿀벌을 친구 삼아 양봉을 즐기는 자연 취미를 생각하면 이것은 매우 효율적인 소규모 비즈니스라고 할 수 있다.

국산 꿀이 고가인 까닭은 생산자가 익명이 아니기 때문이다. 국산이라고 이름을 붙여놓고 생산자를 명확하게 명기하지 않은 꿀은 의심스럽다. 무엇이 의심스러우냐 하면 '설탕'과 옥수수 시럽이 섞여 있을지도 모른다는 말이다.

양봉은 설탕 없이는 성립하지 않는다. 밀원이 없는 계절이나 월동 시기에는 설탕물을 먹이로 보충해준다. 본래는 자기들을 위해 모은 꿀을 양봉가가 가져가 버리기 때문이다. 양심적인 양봉가는 벌을 생각해 무리한 꿀의 채집을 삼간다. 그러나 그렇지 않은 양봉가는 설탕을 남용한다. 꿀을 따는 시기에 급식 틀에 설탕물을 투입해 벌집 상자에 놓아둔다. 벌은 그것을 꿀주머니에 넣어두었다가 벌집 방으로 나른다. 설탕물은 벌꿀에 첨가한 것이 아니기 때문에 첨가물로 여기지도 않고 비합법적이지도 않다. 한마디로 '순수한 꿀'이라고 해도 실질은 여러 가지라는 말이다.

그러면 소매가격으로 1킬로그램에 150엔 하는 백설탕이 어디까지 꿀에 섞여 있는지를 아는 방법은 있을까? 유감스럽게도 일반 소비자가 알 도리는 없다. 그것을 알 수 있는 것은 양봉가와 열렬한 양봉 애호가뿐이다. '어디까지가 진짜 맛이고 어디까지가 아닌지'를 분별하는 미각만이 알아맞힐 수 있다.

스스로 양봉을 즐기는 사이에 우리 집의 설탕 소비는 제로가 되었다. 우리 마당의 벌꿀은 그대로 핥아먹는 것이 제일 맛있지만 요리에도 꿀을 넣기 시작했다. 우리 집에서는 한 달에 1킬로그램의 꿀을 소비한다.

예상한 것보다 소비량이 많은 편이다. 맛있으니까 아무래도 그렇게 되고 만다. 전에는 홍차든 커피든 설탕을 넣지 않고 마셨지만, 지금은 꿀을 넣지 않은 홍차나 커피를 상상하지 못한다.

내가 가꾼 꿀을 즐기고 있기 때문에 이 일 자체의 비용이 많이 드는지 그렇지 않은지 별로 실감이 없다. 그러나 1킬로그램에 5천 엔인 국산 꿀을 연간 12킬로그램 소비하고 있다는 사실에 생각이 미쳤다.

백설탕은 1킬로그램에 150엔이니까 그렇다 치고, 1킬로그램에 1만 엔인 쇠고기와 국산 꿀의 비용을 비교해보자. 어느 쪽 비용이 더 많이 드는지는 명백하다. 양봉가의 얼굴을 알 수 있는 1킬로그램에 5천 엔 하는 꿀은 합리적인 비용이라고 생각한다. 벌꿀은 맛있다. 건강에 좋다. 벌꿀은 천연 건강 보조식품이다.

식료품의 가격을 이해할 수 없다. 우리는 기꺼이 헬스푸드 스토어를 찾아가지만 그곳의 상품을 지나치게 비싸다고 여기는 사람도 있을 것이다. 반면 금융 자본가의 아내는 '궁상맞은 식료품밖에 팔지 않는 가게'라고 생각할지도 모른다. 어느 쪽이든 짙은 화장을 한 부인은 자연 식료품점에 관심이 없다.

우리는 저소득자인데도 아내는 헬스푸드만 보면 사족을 쓰지 못한다. 말려도 소용없다. 그 덕분에 우리는 병원에 다닌 적이 없다.

여름이 아직 한창때인데도 댑싸리가 피기 시작했다. 가을의 손길이 벌써 마당을 더듬고 있다는 증거다. 싸리는 붉은 보라색이 도는 작은 꽃을 잔뜩 피우는 콩과 식물이다. 연꽃, 아카시아, 클로버…. 콩과 식물의 꽃은 좋은 밀원이다.

> 헤치고 들어간 암자의 마당이 그대로 들판인 까닭에 무성하게
> 자란 싸리를 내 것 삼아 즐길 수 있다네.
> ─〈산가집山家集〉, 사이교西行(일본 헤이안 시대의 승려로 시인)

예전부터 일본인은 싸리 꽃을 사랑했다. 싸리는 마을과 들판의 경계에 무성하게 자라는 식물이다. 싸리의 일본 말인 '하기(萩)'는 일본에서 만든 한자다.

가을이 올 때까지 벌집 상자를 3군까지 늘리려고 궁리 중이다. 1군만 키우는 양봉은 아무 쓸모가 없다는 것을 금세 깨달았다. 여왕벌을 잃으면 모든 것이 수포로 돌아가기 때문이다. 2군, 3군의 벌집 상자를 갖고 있으면 새로운 여왕벌을 탄생시킬 수 있다.

양봉은 쉬운 일이 아니라는 것을 피부로 알았다. 나는 아마추어

양봉가니까 뭐 이쯤이야 하고 대수롭지 않게 생각했다. 그러나 생명을 키우는 일에는 전문가도 아마추어도 따로 없다.

꿀벌은 작다. 꿀벌은 귀엽다. 꿀벌은 날아다니는 애완동물이다. 처음에는 그렇게 생각했다. 그러나 꿀벌 집단은 만 마리 단위로 존재한다.

양봉 책을 되풀이해서 읽고, 매일 꿀벌을 관찰하고, 조금씩 배워 나가는 수밖에 없다. 꿀벌을 키우는 일은 고도의 사회성을 지닌 곤충이 걸어가는 길을 양봉가도 똑같이 걸어가는 것과 같다. 극한에 다다른 꿀벌의 사회성은 우리에게 특별한 철학적 가르침을 전해준다.

'장수한다고 알려진 유럽의 산촌에서는 한결같이 양봉이 활발하다'는 보고가 있다. 그도 그럴 것이다! 과연 그렇다고 생각한다. 그리스의 이상향인 아르카디아에서도, 동양의 도원경에서도 꿀벌을 길렀다. 필시 그럴 것이다!

약과 먹을 것은 근원이 같다. 꿀은 장수 식품이다. 나아가 꿀벌이 잘 자라는 환경은 사람에게도 이상적인 땅이다. 들판과 목화 꽃이 피는 숲 가까이에서 꽃들과 더불어 살아가는 것을 소중히 여기고 맛있는 꿀을 먹으면서 사는 사람은 온순하고 말다툼을 싫어한다.

여러분, 꿀벌이 날아다니는 들판을 소중히 여기세요. 그리고 국산 꿀을 먹으면서 행복해집시다.

Be Here Now.(지금 여기 있으라) 평화여 영원히! 지금부터가 중요하다.

합장! 뉘우치고 새로 시작하는 데 늦은 때란 없다. 아멘!

제
9
화

숲속 서재에서 자급자족 생활자가 들려주는 메시지

서재라는 한자에는 왠지 가까이하기 어려운 분위기가 있다. 그렇다. 이 두 글자에는 주술적인 무언가가 들어 있는 것 같다.

　서재의 재齋는 재장齋場(제사를 지내는 곳)의 '재'를 가리키는 글자로 불길해 꺼려한다는 뜻이다. 부처님에게 공양을 드리거나 황공한 존재 앞에서 음식이나 행동을 삼가고 심신을 정갈하게 여미는 것을 말한다.

　서書의 뜻은 명백한데 이 글자의 기원은 이러하다. 서書는 율聿과 왈曰로 이루어져 있다. 율은 붓을 가리키고, 왈은 날 일日과 다른 글자로 '가로되, 말하기를'을 뜻한다. 이것은 축수祝壽(신에게 기도함)의 도구器이자 입을 열어 말하는 모양을 가리킨다.

　서재란 글을 바치는 재장을 말한다. 그러니까 서재는 황송스러운 방. 한자는 매우 속뜻이 깊은 언어다.

　글을 쓰는 행위는 엄격하고 신성한 것인 듯하다. 그렇게 보면 휴대전화나 스마트폰의 메일이나 트위터, 카카오톡으로 쓰는 글이라고 해서 마구 써서는 안 된다. 글로 쓰인 것은 왈(曰)에 수납되어 소거하는 것이 불가능하다. 구술은 녹음해두지 않으면 증거 불충분이라 나중에 얼마든지 수정할 수 있다.

불필요하거나 긴급하지 않은 메일은 화의 근원이다. 여러분도 주의하기 바란다.

서재를 영역하면 'a study (room), a library'가 된다. 영어는 편하다. 나는 서재인이 아니다. 공부방에 있기보다는 마당이나 목공실에 있을 때가 훨씬 즐겁다. 산이나 숲이나 나무나 강이 나의 도서관library이다. 책을 좋아한다. 하지만 소설은 거의 읽지 않는다. 남의 일에는 흥미가 없기 때문이다.

나는 사전과 도감을 좋아한다. 그것을 들추어보지 않는 날이 없을 정도다. 언어의 의미나 어원을 확인하고 생물이나 자연의 사물 이름을 기억하는 것을 좋아한다.

실용서를 자주 읽는다. 원예 책을 좋아한다. 나는 원예가이기 때문에 야채, 허브, 화초의 기원을 찾아본다. 원예 책의 정보는 서양 책이 충실하다. 식물이나 생물의 국제적인 이름은 라틴어 이름(학명)으로 표기된다. 그 의미를 알기 위해 라틴어-영어 사전을 뒤적이는 것도 즐긴다.

옛날 그리스의 신성한 산에 마법사 대학이 있었다. 그곳 도서실에서 이 세상의 모든 사물과 생물의 진짜 이름과 내력을 아는 것이 마법사의 공부였다. 진짜 이름을 안다는 것은 정체를 안다는 것이

나만의 아늑한 서재

다. 이를테면 이런 것이다.

지명 수배당한 남자가 이름을 위조해 도망치고 있다. 어느 날 어떤 곳에서 그 남자의 진짜 이름을 당당한 목소리로 부르는 사람이 있다. 도망자는 그 순간 얼어붙은 듯 꼼짝하지 못한다. 사복 경관은 그렇게 도망자를 체포한다. 오, 덜덜 떨린다.

뒤집어 말하면 마법사나 주술사의 인생은 자신이 누구였는지를 소거해가는 인생이다. 자신의 정체를 누구에게도 알릴 수 없기 때문이다.

집안이나 학벌, 경력에 갇히지 마라. 자신이 누구였는지를 아무에게도 말하지 마라. 자유롭게 살고 싶다면 말이다. 그것이 마법사 대학의 가르침이다.

나는 휴대전화도 없고 스마트폰도 없다. 필요를 느끼지 못하기 때문이다. 우리 집에는 부끄럽지만 전화 회선이 세 개 있다. 팩스기와 컴퓨터가 두 대씩 있다. 아내도 자기 서재가 있는 단행본 편집자이기 때문이다. 아내는 휴대전화를 갖고 있다. 아이와 노동자 계급에게 휴대전화는 필수품이다.

내 전용의 집 전화에는 평균 하루에 한두 통 전화가 걸려올까 말까 하다. 전화의 부름을 받고 달려가는 것이 달갑지 않다. 어릴 적부터 불려 다니는 것이 싫었다.

컴퓨터의 이메일 주소는 업계 사람에게만 알린다. 이메일 편지함을 스스로 열어보는 일은 없다. 업계 담당자에게는 '이메일을 보내면 전화로 알려 달라'고 부탁해놓았다.

컴퓨터나 스마트폰을 싫어하는 것이 아니다. 자급자족의 산속 생활인은 참 바쁘다. 통신 기기와 노닥거릴 시간이 없다. 하루의 끝에는 맥주잔을 기울이면서 텔레비전으로 B급 서양 영화를 보며 웃으며 보내고 싶다.

아이튠즈iTunes 라디오로 음악을 듣는 것은 좋아한다. 또 유튜브로 1970년대나 1980년대 미국의 흘러간 옛 노래를 듣거나 본다. 닐 영, 사이먼 앤 가펑클, 제임스 테일러 등을 좋아한다. 내 컴퓨터는 아이맥iMac의 낡은 iOS10 기종이다. 둥근 모양의 스피커가 2개 외부에 붙어 있기 때문에 비교적 음향이 좋은 편이다.

문자를 갖고 있지 않고 가지려고도 하지 않는 부족이 아마존 오지에 있다. 그런 사람들에게는 어제도 내일도 없는 듯하다. 있는 것은 오늘뿐이다.

아침이 오면 생각하기를 오늘은 숲에서 사냥할까, 아니면 강에서 고기를 낚을까 그것뿐이다. 오늘 하루를 사는 것이 모든 이의 일이다. 날이 저물면 먹고 노래하고 춤추고 좋은 꿈꾸기를! 그들과 그녀들의 사회에는 차용증서도 계약서도 유언장도 없다. 신도 없다. 그곳에는 자유만 있을 뿐이다. 그런 다큐멘터리를 봤다. 으으, 감동했다.

"우리는 자유로부터 도망치고 있다." 이 다큐멘터리를 다 보고 나서 그런 생각이 들었다.

오래 살다 보니 조금은 많은 것을 보고 살았다고 하겠지만 앞일은 아무도 모른다. 내일이 없다고 생각하고 그날그날을 열심히 놀며 지내라. 그렇게 하면 아침저녁으로 노느라고 피곤하다. 그 순간 당신은 자기가 해야 할 일과 마주칠 것이다.

자신의 일에 집중하고 있을 때, 책을 읽고 있을 때는 누구나 고독하다. 좋아하는 일을 할 때도 그러하다. 고독해질 수 없는 사람은 일을 잘할 수 없다. 고독을 싫어하는 사람은 차분한 마음으로 책의 페이지를 넘길 수 없다. 고독을 사랑하지 않는 사람은 훌륭한 낚시꾼이 될 수 없다. 자유와 고독은 한 몸이다.

데스크톱 컴퓨터와 스마트폰은 언뜻 보아 비슷하지만 실은 다를지도 모른다. 너무나 휴대하기 쉽기portable 때문에 스마트폰이나 휴대전화에는 함정이 숨어 있는 것 같다.

삿포로 산악회 멤버인 친구가 있다. "일전에 산에 갈 때 휴대전화를 갖고 가야 하나 말아야 하나 논의한 적이 있어." 그 친구 얘기의 결론부터 말하면 그때에는 '가지고 가지 말자'고 결정했다고 한다.

왜냐하면 "속세를 멀리 떠나 산을 여행하기 때문에 산행의 기쁨이 있는 것이고, 알피니즘alpinism(스포츠 등산)의 낭만주의가 있기 때문"이었다. 그러나 경찰이 등산하는 사람들에게 휴대전화를 휴대하라고 설득했다. 그래서 '산악회로서는 당황스러웠다'는 얘기였다. 휴대전화가 없는 사람은 어떻게 하면 좋을까?

자유와 고독, 이것이 내 좌우명이다. 〈월든〉에서 자유인이었던 소로는 이렇게 썼다.

"고독만큼 사이좋은 친구와 만난 적이 없다."

제
10
화

낭만적인 콜맨의 랜턴 등불

단풍은 지나간 여름의 잉걸불(다 타지 않은 장작불-옮긴이)이다. 산마다 산허리를 레몬 색으로 물들이던 낙엽송의 노란 불도 꺼지려고 한다.

깊은 가을의 저녁놀은 실로 두레박 떨어지듯 곤두박질친다. 산 끝자락의 저녁놀도 순식간이다. 실로 잔조殘照도 없이 그대로 해가 진다.

> 바람소리에 생각에 잠긴 나를
> 몸속까지 벌겋게 물들이는 가을 저녁놀
> -〈산가집〉, 사이교

아직 오후 5시도 되지 않았는데 등불이 있었으면 하는 계절이 되었다. 콜맨Coleman(아웃도어 캠핑 브랜드-옮긴이)의 가솔린 랜턴에 불을 밝힌다. 뒷마당의 나무숲으로 간다. 왼손에는 랜턴, 오른손에는 목제 바구니를 들고 마른 나뭇가지를 주우러 간다. 랜턴의 백열 빛이 낙엽송의 숲을 비춘다. 어둠에 가라앉은 숲이 그곳만 인상파의 그림처럼 밝게 떠오른다. 가압식 가솔린 랜턴의 연소음이 숲으로 빨려 들어간다.

바람이 떨어뜨린 낙엽송의 마른 나뭇가지는 가장 좋은 불쏘시개! 마른 잔가지는 속이 후련하게 손으로 툭툭 부러뜨린다. 조금 두꺼운 잔가지는 무릎에 대고 툭 부러뜨린다. 빠직하고 맑은 소리를 내며 부러진 잔가지는 잘 말랐다는 증거다.

장작 스토브와 장작을 때는 욕탕의 불쏘시개로 쓰기 위한 파이어 스타터는 물으나 마나 낙엽송의 마른 나뭇가지다. 파팍 샛노란 불꽃이 일어난다. 기분 좋게 타면서 불기운이 고개를 내민다.

조후長府 제작소가 만든 장작 때는 목욕 가마통에 목욕물을 데운다. 지금은 하이테크 급탕 제조회사로 업계를 주름잡는 '조후'라는 기업은 사실 장작 때는 목욕 가마로 기반을 다졌다. 전후 일본의 시골 목욕탕에서 목욕물을 덥혔고, 지금도 덥히고 있다. 바이오매스bio mass 연료의 전설적인 목욕 가마가 바로 이것이다.

이 목욕 가마에는 전기 장치의 석유 버너를 탑재할 수 있다. 지금은 장작과 석유 버너의 겸용 가마가 표준 스타일이다. 우리 집에 있는 것도 겸용 가마. 목욕탕의 타이머 다이얼을 돌리면 버너가 자동으로 점화되어 목욕물을 덥힌다.

목욕물을 때는 오두막이 눈에 파묻힐 때는 석유로 목욕물을 덥힌

오래되었지만 새로운 전설의 바이오매스 목욕 가마.
이것은 전설의 바이오매스 욕조에 불을 때는 가마다.
'이런 낡은 보일러는 생산 중지하죠'라는 사내의 의견에
저항하여 '여기에 우리 회사의 혼이 담겨 있어.
허튼소리 하지 마. 절대로 그만둘 수 없어'라고 사장이 외쳤다.
조후 제작소 사장님 만세

다. 그러나 그렇지 않을 때는 장작으로 목욕물을 덥힌다.

장작으로 덥힌 목욕물은 온천물과 비슷하다.

물이 부드럽다. 몸속까지 뜨끈하게 덥혀준다. 목욕 후 한기가 느껴지지 않는다. 장작 가마는 잉걸불의 화력이 지속한다. 그래서 언제까지나 뜨거운 물이 보글보글 끓는다. 수돗물로 뜨거운 물을 식히면서 물을 다시 쓰지 않고 흘려보내는 식으로 즐길 수 있다. 따라서 나는 따로 온천에 가고 싶다는 생각이 들지 않는다.

충전식 14.4볼트, 43.2와트, 리튬이온 전지의 손전등을 갖고 있다. 이 하이테크 랜턴은 현장 일에 종사하는 노동자용이다.

밤에 마당으로 나갈 때는 콜맨의 가솔린 랜턴을 밝힌다. 사람들은 "편리한 손전등을 갖고 가면 좋을 텐데 참!" 하고 혀를 찰지도 모른다. 그러나 나는 콜맨의 등불이 좋다. 왜냐하면 전기로 켜는 등불보다 가솔린 등불이 낭만적이기 때문이다.

낭만적인 사람이 되어라. 인생에서 낭만을 빼면 도대체 무엇이 남는단 말이냐.

전깃불과 불을 피운 등불은 전혀 다르다. 불 피운 등불을 켜는 것과 장작에 불을 지펴 물을 데우는 것. 여기에 공통점은 '불 피우기'라는 의식이 개입한다는 점이다. 편리함이란 일을 하기 위해 필요한 의식이어야 할 준비 시간을 생략해 버린다. 빨리, 더 빨리! 우리는 숨을 몰아쉬며 살아간다. 그렇게 서둘러 당신은 어디로 가고 싶은가?

인생은 곱씹으며 맛을 보는 것. 무덤까지 가는 길에서 오늘 하루를 가능하면 멀리 돌아 조근조근 살아가는 것. 그리고 무슨 일이 있어도 숨을 멈추지 않는 것. 그것이 오래 사는 비결이다.

계절은 가을, 단풍이 한창이다. 물참나무의 도토리가 새빨간 함석지붕에 소리를 내며 떨어져 구른다. 지금으로부터 32년 전 가을, 도쿄의 구니타치 시에서 이 집으로 이사 왔다. 당시 이곳의 임야는 '거주지 외'의 땅이었다. 그래서 이사 왔을 때는 전기도 전화도 수도도 아무것도 없었다.

대만제 장작 스토브와 콜맨의 가솔린 랜턴과 투 버너의 가솔린 스토브로 얼마 동안 지냈다. 뒷마당 언덕 아래에 솟아나는 샘물을 길었다.

손에 익은 캠핑 도구가 활약했다. 전기도 전화도 수도도 없는 생활은 낭만적이었다. 지금 생각해보면 당시 몇 주일이 나와 아내 청춘의 하이라이트였다.

콜맨의 빨간 가솔린 랜턴 200A는 몬태나 주의 미줄라Missoula에서 샀다.

캘리포니아에서 오리곤, 아이다호, 몬태나, 와이오밍, 콜로라도의 로키Rocky 지역까지 나와 친구는 여름부터 가을에 걸쳐 3개월을 캠핑 여행으로 정신없이 보냈다. 1970년대 도시에서 변경outback으로 여행을 떠난 반문화 인텔리겐치아 히피를 찾아가는 여행이었다.

난 이 여행을 통해 텐트와 침낭, 캠프 스토브와 콜맨의 가솔린 랜

빨간 가솔린 랜턴 200A.
특별한 추억이 있는 내 청춘의 유물이다

손전등 대신 애용하고 있는
MODELE 222. peak 1이라는
애칭으로 불리는 백패커 버전

턴, 플라이낚시가 있으면 어디에서든 살 수 있다는 것을 알았다.

도시의 혼란과 환멸. 도시에서 태어나 자랐기에 나는 알고 있었다. 지금까지 알지 못했던 새로운 무언가를 여행지에서 만난 강과 산과 숲, 그곳에서 살아가는 사람들이 내게 가르쳐주었다. 내게 이야기해주었다. 나는 나의 것, 내 인생은 내 인생이라는 것을.

> "옛날 인간은 도시라는 생활환경을 발명했다. 하지만 그때부터 이미 인간은 이 생활환경을 어떻게든 해보려고 여러 가지를 시도했다. 가장 좋은 방법은 그곳에서 도망치는 것이다."
> ─나의 인텔리겐치아 히피의 아이콘, 셰리든 앤더슨

랜턴과 램프

랜턴lanterne과 램프lamp는 어떻게 다를까?

랜턴은 초롱불이고, 램프는 사방등(네모지고 반듯한 모양으로 천장에 달아 놓는 등─옮긴이)이다. 랜턴은 아웃도어용, 램프는 인도어용 등불이다.

가압식 가솔린 랜턴은 바람이 마구 몰아치는 황야의 어두운 밤길을 돌진할 수도 있는 근대적인 등롱이다. 그것은 드넓은 바다처럼 갈 곳 없는 당신의 청춘을 비춰주는 등대의 등불이다.

램프는 집 안을 비추는 등불이다. 기름 램프의 연료는 석유인데 이 석유를 등유라고 한다. 가압식이 아닌 기름 램프는 비전기no electric 등불의 표준이다. 야들하고 은은한 등불은 전선 없이 살아가는 사람의 밤을 낭만적으로 비춘다. 또 전선은 들어와 있지만 변경에서 알래스카의 취광을 즐기는 자의 등불로 친근하다. 도시의 고층 아파트 식탁에서 기름 램프를 애용하는 부부를 알고 있다. 그와 그녀는 세련된 도시 히피이다.

도시의 식탁에서는 촛불을 켜는 사람이 적지 않다. 하지만 촛불은 비용이 많이 든다. 돈 많은 자의 등불이라고 할 수 있다.

화석연료와 원자력 발전으로 켜는 조명에 반대하는 저항으로 기름 램프는 건재하다. 미국의 알라딘Aladdin사는 여전히 의기양양하다. 고급스러운 기름 램프를 계속 만들어낸다. 불의 심지와 맨틀Mantle(가스등의 점화구에 씌우는 그물망-옮긴이)을 조합시킨 램프의 밝기는 전기 장치의 테이블 램프에 뒤지지 않는다. 그리고 무엇보다도 디자인이 웃음이 나올 만큼 복고풍이다. 19세기의 밤을 맛보고 싶은 사람은 'Aladdin oil lamp'의 웹사이트를 들여다보기 바란다. 그곳은 '알라딘의 마법 램프'의 소굴이다.

'가치관의 다양화'라는 말을 들은 지 오래되었다. '과연 그렇군. 그렇다면 그건 좋은 일이겠군' 하고 생각했다. 전체주의적 가치관이 엷어지고 인생의 가치관이 개인적으로 바뀌고 있다고 이해했기 때문이다. 적어도 나는 그러한 인생의 길을 선택했다.

다부치의 30대는 순풍에 돛단 배였다. 〈BE-PAL〉지의 창간에 깊이 관여해 아웃도어 붐이라는 전열에 앞장섰다. 다부치는 예나 지금이나 반문화파이기 때문에 주류의 존재가 될 수 없었다. 그런데도 다부치의 본성은 새로운 것을 좋아하는 경박한 사람이다. 그 나름대로 돋보이고 싶은 사람이다.

이 시대에 출판업계는 최고로 번성했다. 문학부 철학과 출신으로서 활자 문화에는 자신이 있었다.

어느 날 다부치는 지도 없이 숲길을 걸었다. 그러자 길이 둘로 나뉘었다. 하나는 지나간 발자국이 또렷이 보일 만큼 누구나 걷는 길이었다. 또 하나는 풀이 무성한 오솔길이었다. 다부치는 무슨 까닭인지 사람의 발자취가 끊어진 길을 선택했다. 그날부터 모든 것이 변했다.

문학부의 위기라는 말이 흘러나온다. "산학협동 노선이라는 선로를 이탈한 학문에 공적 자금을 투입한다는 것이 말이 되는가. 문학부는 통폐합해야 한다." 이것이 현 정권의 트집이다. 그렇겠지. 문학부는 취업을 준비하기 위한 학원이 아니다. 무슨 말이라도 하면 반체제적인 언동이 눈에 띄기만 하고….

그런데 반항적인 것이 문학부 학생의 개성이다. 다부치의 자연 취미나 콜맨의 랜턴이나 플라이낚시와 마찬가지로 문학이나 철학 따위도 없으면 없는 대로 살아갈 수 있다. 그것은 오히려 경제 발전에 방해가 될 뿐 아니냐? 문학과나 철학과 따위는 없어도 좋은 쓸모없는 학과일 따름이다.

정말 그럴까? 쓸모없는 것을 점점 없애 나간다면 결국 무엇이 남을까? 인간도 자연계의 시각에서 보면 아주 성가시고 쓸모없는 생물일지도 모른다.

구소련의 스탈린 시대에는 '무위도식'이라는 죄목이 있었다. 체제 선전에 비협조적이거나 반항적인 문학자, 철학자, 예술가는 '무위도식'이라는 선고를 받고 시베리아로 끌려갔다. 그것은 언론과 예술의 자유를 탄압하기 위한 구실이다. 현 정권이 발표한 공립대학의 문학부 무용론은 스탈린이 저지른 짓의 새끼꼴이다.

Abe는 Mad이다. 자유롭다는 의미를 배우는 문학부 학생은 독재자의 냄새에 민감하다. 생각한 바를 언어화하는 것이 이들 학생의 공부다.

난 조직 노동이 적성에 맞지 않는다. 경제학이나 법률 공부에는 흥미를 느끼지 못한다. 이과 공부는 더 못한다. 그렇게 느끼는 고등학생은 문학부로 진학하라. 4년 동안 또는 그 이상 무위도식가로서 놀면서 지내라.

베짱이는 바이올린을 켜면서 여름을 지냈다. 가을이 되어 풀이 말라 버리자 배가 고팠다. 개미를 찾아가 문을 두드려 사정을 설명했다.

"먹을 것은 얼마든지 있으니까 나누어주지 못할 것도 없지. 그런데 넌 우리한테 뭘 해줄 거지?" 개미는 이렇게 말했다. 그러자 베짱이는 대답했다.

"난 즐겁고 아름다운 여름을 너희들에게 노래로 불러줄 수 있어."

"그렇구나! 그것 참 괜찮네. 우리는 여름을 일하면서 지냈으니까 즐거운 추억은 하나도 없거든. 그래서 하루 종일 먹으면서 말다툼만 했어. 자, 어서 들어와. 아름다운 여름 노래를 들려줘." 개미는 이렇게 말하며 베짱이를 환영했다. 이리하여 베짱이와 개미는 사이좋게 겨울을 함께 지냈다.

생각해보면 오늘날 우리의 가치관은 양극화하려고 한다. 길은 두 갈래로 나뉘었다. 포장된 고속도로와 긴 풀이 자라는 시골길. 대부분이 고속도로를 달린다. 하지만 시프트다운shift down해서 좁은 길로 들어가는 사람도 있다. 고속도로를 아무리 돌진해도 어디에도 이르지 못한다는 사실을 알아차렸기 때문이다.

밤의 숲의 어둠은 멋지다! 관광 도로나 로프웨이 따위 필요 없다. 지금 필요한 것은 일주일 이상의 백패킹이 없으면 도달하지 못하는 고산의 정상이다. 이런 롱 트레일Long Trail(장거리 트레킹)을 여자 친구와 단둘이서 해보고 싶지 않은가!

변경을 향해 용기를 가지자. 자연이라는 것은 여러분이 알고 있는 자연의 총체다. 시대가 아무리 첨단화되어도 사람은 자연과 함께 살아간다. 그 지점의 자연을 분자로 놓으면 분모로써의 사람 수가 적을수록 그곳에서 살아가는 인생의 과실은 크고 달다.

군중이 시선이 닿지 않는 토지에서 살자. 산과 숲과 강과 바다, 바람과 구름에서 신선한 에너지를 얻자. 그 에너지를 인생의 주술로 유용하기를.

제
11
화

인생을 이야기하는 시간, 우리 집 연중행사

태양빛과 물, 대지의 부엽토 양분, 광합성이라는 놀라운 화학 공장의 선물이 바로 '나무'다. 수령 50년의 물참나무는 물과 이산화탄소를 흡수하면서 광합성을 하고, 그것을 탄소로 바꾸어 목질을 형성한다. 여름날에는 200리터의 물을 증발시켜 대기의 가열을 억제한다. 그리고 한 계절에 5인분의 연간 산소를 대기에 공급한다.

　수령 50년의 수목에 달려 있는 수만 장의 나뭇잎은 한 장 한 장이 놀랄 만한 화학 공장이다. 나뭇가지는 엄청난 속도로 공중을 향해 뻗어나간다. 나무가 한 계절에 성장하는 속도에는 놀라움을 금치 못한다. 양호한 조건에 놓인 수목은 여름 한 계절에 전체 용적을 두 배로 성장시키는 듯하다.

　가을이 깊어간다. 낙엽 활엽수와 낙엽송 잎의 화학 공장은 그 계절의 가동을 정지한다. 낙엽이 되어 미련 없이 대지 위로 팔랑팔랑 떨어진다. 그리고 부엽토가 되어 숲 바닥을 비옥하게 만든다. 일본은 세계에서도 손꼽히는 삼림 대국이다. 국토의 78퍼센트가 녹음으로 우거진 임야로 덮여 있다. 국토 비율로 따지면 숲의 풍요로움은 선진국 가운데서도 으뜸으로 꼽힌다.

원자력 발전의 재가동이 시작되었다. 그것이 지역민의 뜻이라면 무슨 말을 하겠는가. 바라건대 도쿄의 오다이바お台場에 지혜의 '문수보살'을 보내주소서.

태양광 발전 패널을 반가워할 수 없다. 라이프 사이클이 환경 친화적이지 않기 때문이다. 태양광 패널 한 장보다는 한 그루 나무에 달려 있는 아름다운 수만 장의 나뭇잎에 미래를 맡기자. 태양광 패널은 추하다. 추한 것은 올바르지 않다.

우리의 임야에 사람의 손길과 돈을 들이자! 육체노동에 종사하는 임야 노동자를 찬미하자! 그리고 바이오매스 에너지의 비율을 높여야 한다.

지방의 도시계획에 초록의 활기를 불어넣자. 먼저 광대한 삼림공원을 육성해야 한다. 그 중앙에 고성능의 멋진 화력 발전소를 건설한다. 연료는 지역의 바이오매스에 가연 쓰레기를 섞은 혼합산화물 MOX이다.

그것은 초록의 플루토늄 열로써 가동한다. 공원 주위에 사는 주민에게는 발전소의 부산물인 온수를 파이프라인으로 무상 공급한다. 그리고 자연 친화적인 산업을 유치하는 것이다.

모터사이클과 사슬톱

모터사이클을 좋아했다. 3대를 가지고 타고 다녔다. 산에서 살기 시작하면서 모터사이클 3대는 사슬톱 3개가 되었다. 미니 바이크는 27cc의 미니 사슬톱이 되었다. 트라이얼(오프로드 바이크 경기) 머신은 38cc의 허스크바나 사슬톱이 되었다. 그리고 BSA 단기통 500cc 골드스타는 50cc의 파트너가 되었다.

시원하게 가도를 달리는 모터사이클을 보면 지금도 가슴이 뛴다. 하지만 여기는 고랭지다. 모터사이클은 여름 3개월밖에 즐길 수 없다. 사슬톱과 장작 쪼개는 기계, 예취기, 제초기, 경운기. 모터사이클의 엔진 소리에 귀를 기울일 여유가 없어졌다.

모터사이클 팬이라면 사슬톱을 좋아할 것이다. 사슬톱은 모터사이클과 어딘가 닮아 있다. 최대치로 회전하는 2행정 엔진tow-stroke engine의 배기 소음은 엄청난 굉음을 낸다. 귀마개는 필수다. 두 팔로 받아내야 하는 진동도 만만치 않다. 소리 마니아가 되고 싶다면 산에 가서 사슬톱을 손에 들어라.

사슬톱을 구입할 때는 지역의 전문 매장으로 나가도록 하라. 사슬톱을 다루는 실력은 '기계 1에 유지 9'라고들 한다. 전문 매장에서는 유지 용품과 안전 장비, 관련 액세서리를 충실하게 갖추어놓고 있다. 또 자기가 판매한 기계라면 생글거리는 얼굴로 수리해줄 것이다.

사슬톱에 의한 부상이나 사고도 많다. 초심자는 판매처가 개최하는 설명회에 꼭 참석해서 사용법을 숙지해야 한다.

축제와 불꽃놀이 대회가 눈에 거슬린다. 참새가 되어 몰려다니며 볶음우동이나 다코야키를 먹을 생각은 없다.

지역마다 축제나 연중행사는 원래 기능적인 모임이었다. 종교적인 집회이자 향토에 뿌리내린 농수산물의 품평회이자 일상적 삶과 밀접한 물품의 전시 및 즉석 판매의 장場이었다.

미국의 시골 마을에서 개최하는 지역 농산물과 가축 품평회는 즐겁다. 그것은 기능과 목적을 지닌 해마다의 사회적 기능인 의식이자 행사다. 행사에 음식은 빠질 수 없지만 그곳의 포장마차는 지역에 뿌리 내린 전통 음식이나 그 자리에서 막 짜낸 사과주스를 제공한다.

향토의 축제나 연중행사의 주최자는 겸허해야 한다. 광고 현장이 아니기 때문이다. 향토의 삶에 근접한 소박하고 따뜻한 모임이어야 한다.

뒤집어 말하면 연중행사는 개별적인 것으로 충분하다. 그것이 연중행사의 기원이다.

CMFWFcold mountain firewood making fair는 우리 집의 연중행사다. '한산寒山 장작 패기 대회'는 장작 에너지와 사슬톱 애호가의 모임이다. 1박 2일의 UKKK한(시끄럽고, 더럽고, 위험하고, 힘든) 이 모임에서 우리는 1년 치 장작을 팬다. CMFWF는 10년의 역사를 가졌다.

자연에 조예가 깊은
프로 친구들

돌이켜보면 그것은 UKKK에 몰두하는 분주함이었다.

다음번에는 더욱 여유를 가지고 즐거운 모임으로 만들자. 사슬톱으로 나무를 켜는 작업, 장작 스토브 사랑, 나무를 향한 동경, 인생을 이야기하는 시간을 흠뻑 누리자.

제
12
화

겨울을 준비하면서 갖는 생각

식자재 저장고 팬트리.
토마토소스와 피클, 콩과 3년 된 매실.
모두가 내 마당에서 수확한 것들

단풍은 나뭇잎이 태어나면서부터 갖고 있던 색의 표출이다. 그것은 지나간 여름의 잉걸불이다.

　단풍은 나뭇잎들의 초록색이 변한 것이 아니다. 가을이 깊어지면서 나뭇잎은 화학 공장을 폐쇄한다. 봄부터 여름까지 광합성이라는 놀라운 기적을 이루어온 엽록소가 자신의 사명을 다하고 퇴행한다. 그러면 엽록소의 초록에 감추어져 있던 빨강, 노랑, 보라 같은 빛깔이 겉으로 배어 나온다. 그것이 낙엽의 색깔이다.

　계절마다 이루어지는 식물의 광합성은 경탄할 만한 화학 공장의 가동으로 만들어진다.

　나무뿌리가 대지에서 빨아올린 물이 수목의 물관을 통해 나뭇잎으로 전해진다. 키가 30미터인 나무의 가지 끝까지 수액을 보내는 수압은 굉장할 것이다. 수령 50년의 물참나무는 20만 장 이상의 커다란 잎을 달고 있다. 모든 나뭇잎에 수액을 보내는 일을 전동 모터의 펌프로 한다면 몇 킬로와트의 전력이 필요할까?

해가 뜬다. 햇빛이 나뭇잎에 내려쬔다. 그러면 지난 밤사이 조업을 멈추었던 수십만 장의 화학 공장에 조업 명령이 떨어진다. 광합성의 가동이 시작된다. 햇빛과 이산화탄소와 수액이 만들어내는 기적, 그것이 광합성이다.

수령 50년의 낙엽활엽수는 여름날 하루에 200리터의 수분을 대기로 증발시킨다. 그 기화열은 대기의 과열을 누그러뜨리면서 서늘한 나무그늘을 우리에게 제공한다.

광합성을 위해 사용된 이상화탄소는 부산물인 산소를 대기에 방출한다. 다섯 사람이 1년 동안 필요한 충분한 산소를 나무 한 그루가 만들어낼 수 있다.

그리고 광합성에 의해 이산화탄소를 탄소로 고정화시킨 것이 수목이고 목재이며 또 장작 에너지이다.

빨갛게 물든 산벚나무의 꽃잎이 진다. 낙엽은 비옥한 부엽토가 되어 더욱 풍부한 숲을 키워낸다. 목소리를 키워 말할 수는 없지만 태양광 패널이 아이들을 속이는 장난감처럼 여겨지기도 한다. 태양광 패널은 수명이 다하기 전에 그것을 제작한 에너지와 비용을 회수할 수 없다. 노후한 태양광 패널은 어떤 운명을 맞이할까? 숲을 존중하고 나무를 우러러보라! 한 장의 나뭇잎이 이루어내는 화학 공장을 찬미하라!

몇 그램의 채소 씨는 한 계절에 수십, 수백 킬로그램의 작물로 자라난다. 흙과 광합성이 이룩하는 기적이다.

찻숟갈 하나에 담은 비옥한 흙에는 수백만 생명이 깃들어 있다. 박테리아와 미생물과 균류의 균사체와 이끼류와 바이러스가 들어 있다. 1에이커(1200평)의 비옥한 땅에는 5톤에서 10톤의 지렁이, 지네, 곤충이 숨어 있다. 한 삽의 흙은 과학자가 아직 탐구한 적 없는 신비한 우주다.

우리는 자기 발밑에 있는 우주를 먼저 탐사해야 한다. 이 지구에 지적 생명체가 과연 있는가를 먼저 나사NASA는 탐사해야 한다. 전쟁에 정신이 팔려 있는 인류는 지적 생명체라고 부를 수 없을 것이기 때문이다.

생물학자의 시선을 갖도록 하자. 평화란 전쟁과 전쟁 사이에 서로 속이는 시기를 말하지 않는다.

생각건대 이 세상은 서식처가 나누어져 있다. '퇴행적 진화'라는 생각에 귀를 기울이자. 종유동굴의 하천에 사는 불고기는 눈이 없다. 그러나 막 부화한 치어는 눈이 있다. 빛이 없는 환경에서는 눈이 별 소용없다. 그래서 눈은 퇴행한다. 공룡은 절멸하지 않았다. 공룡은 퇴행적 진화를 거쳐 '새'가 되었다. 비늘을 감은 새의 알과 발가락과 발톱은 지금도 공룡의 것 그대로다. 새는 영광의 파충류로 파악할 수 있다. '퇴화'라고 여겨지지 않는 것이 실은 환경에 적응한 진화라고 인식하는 사고를 '퇴행적 진화'라고 한다.

우리 집의 채마밭은 우리의 퇴행적 진화다. 마당에서 재배하는 채소는 경제적 이유 때문이 아니라 건강상 그곳에 있다. 30년 동안 화학비료 없이, 농약 없이 기르는 채소를 계속 먹는 바탕에는 '흙에 대한 신앙'이 자리 잡고 있다. 그것은 자본주의에 대한 반항이자 자기 발밑에 숨어 있는 우주에 대한 찬가다.

채소는 값이 싸다. 그러나 자기 채마밭에서 기른 채소는 맛있다. '아, 맛있어!' 하고 느끼며 먹는 순간 그 음식은 자양분이 된다.

채마밭은 물질적인 동시에 철학적이다. 시대의 광기에 휩쓸리지 않고 어떻게 하면 단순하게 살아갈 수 있을까를 점치는 곳이다.

또 채마밭은 특히 경제적이기도 하다. 우리 집 마당은 최고급 채소의 자급자족 슈퍼마켓이기 때문이다. 샌들을 신고 마당에 나가기만 하면 오늘은 무엇을 먹으면 좋은지 마당이 가르쳐준다.

수목은 나무껍질 안쪽에 있는 '형성층'이 성장한다. 형성층의 안쪽은 목질이라고 부르는데 목질은 고정되어 있다. 형성층은 봄부터 여름 사이에 폭넓게 성장한다. 여름의 끝 무렵부터 가을에는 성장이 둔해지고 가늘고 단단한 힘줄이 된다. 이것이 나이테다. 따라서 나이테의 수를 세어 보면 그 나무의 나이를 알 수 있다. 또 해마다 나이테를 관찰하여 그해의 기후가 어떠한지, 그 나무의 성장 환경이 어떠했는지를 알 수 있다.

사람도 겨울을 헤아리면서 성장한다. 나는 이 산에서 서른두 번째 겨울을 헤아렸다. 그리고 앞으로 서른세 번째 겨울을 헤아리려고 한다. 사람의 수명은 장수하지 않는 수목의 수명과 비슷하다.

올봄 마당의 자작나무 한 그루가 강풍에 쓰러졌다. 직경 30센티

채마밭에서 기른 채소들

미터, 둘레 1미터인 그 나무는 자작나무 치고는 잘 자란 셈이다. 뿌리가 썩기 시작하는데 그대로 방치해두고 있다. 11월 말에 늘 그렇듯 '장작 패기 행사'가 열린다. 우리 집의 중요한 연중행사다. 그때 이 자작나무를 베어 쓰러뜨릴 것이다. 이 나무는 마당을 기억하는 제재製材로 둘 셈이다.

가볍고 부드러운 목재인 자작나무는 귀한 대접을 못 받는다. 그러나 쉽게 꺾이지 않고 가공하기 쉽다. 시베리아에서는 자작나무로 눈썰매를 만든다. 휘어져도 강하기 때문이다.

적재적소라는 사자성어는 목공 기술에서 유래한다. 목재도 인재도 적재적소에 써야 한다는 것이 목공 기술과 경영 기술의 비결이다.

겨울은 구심력이 작동하는 계절이다. 수목의 나이테가 그러하듯 겨울에는 내성적이 되어 고독을 벗 삼자.

사람은 자신이 있을 곳을 찾으려고 한다. 자신을 필요로 하는 장소가 어디인지를 알기 원한다. 그러나 자신이 있을 곳이 눈에 띄지 않는다. 왜냐하면 그런 곳은 어디에도 없기 때문이다. 자신의 장소를 찾는다는 생각에는 오류가 있다.

사람은 자신의 의지로 태어나지 않는다. 그렇다면 사람이 살아가는 데 아무런 목적도 의미도 없다. 실존철학이란 어떻게 하면 자신이 실제로 존재할 것인가를 스스로에게 묻는 일이다.

제행무상! 그렇지만 시대는 지나치게 현기증이 나도록 변화하고 있다. 세계는 지금 혼돈스럽고 무질서하고 갈 곳을 모른다. 지금은 개개인의 실존이 흔들리고 있는 시대다. 이 지점을 무사히 통과하지 못한다면 시대의 전체주의에 물들어 자신을 잃어버리고 말 것이다.

자신이 있을 곳은 찾아나서야 하는 것이 아니다. 자신이 있을 곳은 스스로 창조해야 한다. 자신의 주거지를 스스로 만들라. 누구에게도 침범당하지 않는 견고한 성을 쌓으라. 그것이 겨울이라는 계절의 가르침이다.

제
13
화

장작 스토브에서 발견한 21세기 문화의 미래

寒山寒　한산은 춥고

氷鎖石　얼음은 돌을 가두고

蔵山靑　산의 푸름을 감추고

現雪白　눈의 새하얌을 드러낸다

日出照　해가 돋아 비추면

一時釈　한순간에 녹는다

從玆暖　이제부터 따뜻하리

養老客　양로의 손님이여

－한산의 시寒山詩

　영하 15도의 아침이 이어졌다. 우리 마당은 해발 1420미터이다.
우리는 닛코日光의 센조가하라戰場ヶ原(닛코국립공원의 해발 1400미
터에 있는 초원-옮긴이)보다 높은 곳에서 겨울을 나고 있다. 이곳
은 지금 슬로베니아 고원의 겨울 같다. 슬로베니아에는 가본 적이

없지만 그 땅에는 숭어를 낚는 강이 많다고 한다.

2월은 빛의 봄이다. 햇빛이 날마다 강해지고 자오선이 높아진다. 하늘의 푸름에는 봄이 있고, 팽팽하게 당겨진 한기가 누그러진다. 시베리아에 진을 친 동장군과 도널드 트럼프의 콧김은 아직 거세지만, 그것도 날이 갈수록 허릿심이 빠져 힘을 못 쓸 것이다.

강물에 곤들매기가 헤엄치는 한산의 겨울은 춥고, 오로지 흰 돌만 있을 뿐 황금은 없다. 하지만 맛있는 물과 공기는 세계유산 급이다. 그리고 장작 에너지는 무진장하다.

장작 스토브에 나무를 때고 싶어 산으로 들어왔다. 나는 서른일곱, 아내는 서른여섯이었다. 돌이켜보면 오랫동안 여기에 살았다. 동기가 있다면 그저 오락적 모험심에 불과했다. 그러나 한산은 깊숙하게 내 마음을 채워주었다. 뜰에서 강까지는 걸어서 5분, 그곳에서 곤들매기를 잡을 수 있다.

지금 이 추운 산에서 겨울을 서른세 번째 넘기려고 하는 참이다. 장작 스토브와 윤택한 장작의 공급이 없었다면 이토록 이곳이 좋아질 리 없었을 것이다.

상부 구조는 하부 구조가 규정한다. 강인한 토대가 지진에 견디는 집을 보장한다. 리버럴하고 평등한 사회제도가 평화롭고 행복한 사회를 이룩한다. 그렇다면 문명의 인프라인 에너지의 질이 시대의 운명을 결정한다. 화석연료에 기대는 문명과 문화는 화석연료의 매장량과 더불어 고갈하고 쇠퇴할 것이다. 원자력 발전에 의존해야 하는 문명과 문화는 겁화劫火(세계가 망할 때 일어난다는 큰 불-옮긴이)와 더불어 멸망할 것이다.

진실을 말하자면 우리는 지금 제정신을 잃었다. 어떻게 하면 제정신을 다시 찾을 수 있을까? 다 함께 이 문제를 생각하자!

스토브라는 말에는 두 가지 의미가 있다. 난방용 히터와 조리용 난로가 그것이다. 스토브 리그란 것이 있다. 경기가 없는 오프 시즌, 난롯가(스토브 옆)에서 야구 이야기에 열을 올리는 일을 말한다.

장작 스토브의 미덕은 히터와 조리용 난로 양쪽을 갖추고 있다는 점이다. 또 이 도구의 장점은 전력 없이 작동한다는 것이다. 지난번 동일본대지진 때는 전원이 장시간 끊어졌다. 그때에도 장작 스토브의 애호가는 난방과 조리에 불을 충분히 쓸 수 있었다. 장작 스토브의 연료인 장작은 자급자족의 에너지이다. 쪼개서 건조시킨 장작을 살 수도 있지만, 그것은 이 세상에서 가장 비싼 연료라고 할 수 있다.

장작용 통나무는 대형 트럭으로 운송한다. 우리 집에서 연간 소비하는 장작용 통나무의 비용은 100만 원 정도다. 통나무를 사슬톱으로 적당한 크기로 켠 다음 도끼로 쪼개어 장작 보관용 오두막에서 1년 이상 건조시키고 나서 땔감으로 이용한다. 왜 그렇게 번거로운 일을 할까? 경제적인 혜택은 물론 있다. 100만 원어치 통나무를 등유 에너지로 환산하면 네다섯 배의 가치가 있다. 하지만 나무를 자르고 쪼개고 쌓아올리고 방으로 운반하는 작업에 들어가는 모든 시간과 노력을 만약 정유소나 편의점 아르바이트에 들인다면 등유, 가스, 전기 값을 지불하고도 남을 것이다.

그러나 장작 스토브를 가지려는 진정한 이유는 경제적인 이익 때문이 아니다.

현대의 장작 스토브는 예술적인 자급자족의 자연 생활을 실천하기 위한 실용적인 도구로 존재한다. 우리가 장작 스토브를 때는 가장 큰 이유는 장작 스토브를 좋아하기 때문이다. 장작 스토브를 땐다는 것은 환경과 접점을 갖는다는 뜻이다. 장작을 때는 사람이 되면 나무나 숲은 말할 것도 없고 산이나 들판, 강이나 바람, 공기조차 새로운 의미를 띨 것이다.

장작을 패고, 쌓아올리고, 나르는 고전적인 육체노동 안에는 오락과 스포츠와 명상의 기쁨이 스며들어 있다. 장작 패기는 전체성을 회복하기 위한 노동이다. 노동이란 무엇일까? 우리는 노동론이 결여된 시대를 살고 있다. 과연 알고나 있는지….

우리는 따로따로 되어 버린 행복과 불행과 가치와 떨어진 채 살아간다. 노동은 기쁨이자 오락이며 명상이라는 것을 잊고 있다. 노동의 대가로 얻은 임금을 나날의 양식으로 삼아 남는 것으로 오락거리를 사고 등산과 낚시를 즐긴다.

임금 노동과 가사와 오락. 우리는 언제나 시간이 부족하다. 그 부족함을 보충하기 위해 편리함을 산다. 전자동 세탁기가 없는 생활을 생각조차 할 수 없다. 그러나 사람은 이층식 아날로그 세탁기의 편리함을 잊고 있다. 이 값싼 세탁기는 가계와 환경에 유리하다. 또 세탁의 즐거움을 상기시켜 준다.

"가정에서의 채마밭이란 한가한 사람의 소꿉놀이다." 당신은 그 것을 우습게 볼지도 모른다. 마른 잎으로 부엽토를 만들고 잡초와 싸우며 겨우 수확한 채소와 똑같은 작물이 슈퍼마켓에서 값싸게 팔린다는 것을 알면 농사꾼의 마음은 편하지 않다. 농사꾼이 채마밭을 가꾸는 이유는 경제성 때문이 아니다. 원예를 좋아하기 때문이다. 모든 번거로운 일을 성가셔 하지 않고 길러낸 채마밭의 작물을 전폭적으로 신뢰하기 때문이다.

우리 마당의 작물은 나와 아내가 누리는 미식의 가치이고 건강보험이고 생명보험이다. 나는 상처 때문에 병원 외과에 신세를 진 일 말고는 병원에 다닌 적이 없다.

어떤 인생도 쉽지 않다. 살아가는 일은 번거롭나. 번거로움에서 해방되고 싶다면 아름다운 시 한 편을 쓰고 죽으면 그만이다.

산다는 일의 실존적 번거로움을 오히려 즐겨야 한다. 장작 스토브는 그것을 위해 있다.

제
14
화

산속 5월의 봄은 매일 넘기는 달력

식량의 자급자족은
선진국의 조건이다

欲得安心處

寒山可長保

微風吹幽松

近聽聲愈好

下有斑白人

喃喃讀黃老

十年歸不得

忘却來時道

－한산의 시寒山詩

Easy going 느긋하게

살고 싶다면 가히 한산이 최고지

미풍이 낙엽송을 살랑살랑 흔들고

가까이 가서 들어보면 참 좋은 느낌

그곳에는 희끗희끗한 머리가 센 할아범이 있어

소로의 월든을 낭독하고 있지

할아범은 줄곧 여기에 있을 뿐 돌아갈 수 없다네

왔던 길을 잊어버렸으니까

일본인의 85퍼센트는 바닷가에 산다. 대도시는 바닷가에 있다. 삿포로는 항만을 갖지 않은 희귀한 도시다.

어째서 연안 지역에 도시가 있고, 그곳으로 인구가 모여 있는 것일까? 연안에는 평평한 땅이 많기 때문이다. 또 해운海運의 혜택을 누릴 수 있기 때문이기도 하다.

그러면 어째서 연안에 평야가 있는 것일까? 그곳은 옛날 옛적 먼 곳까지 얕은 바다의 해저였기 때문이다.

지금으로부터 5천 년 전인 조몬시대繩文時代(기원전 1만 4000~기원전 300년) 중기에 보소房総(지바 현) 반도는 섬이었다! 기후 현栃木県의 도네가와利根川 강가에서 조몬인의 패총을 발견했다. 온난화 이유가 어디에 있든 작금의 온난화는 열도의 해안선을 5천 년 전으로 되돌려놓고 있다.

여러분! 이 나라의 내륙 지역은 푸석푸석합니다. 그리고 여러분! 산간 지역은 더욱 푸석푸석한 텅 빈 공동空洞! 안심할 곳을 찾는다면 한산이야말로 최적의 땅이다. 해수면의 상승에 의한 수몰과 쓰나미 염려가 전혀 없다. 저기 말이죠, 연안 지역은 지진에 약해요.

왜냐하면 그곳은 아직도 변성 중인 새로운 땅이거든요. 여기 한산은 2억 년 전에 해저에서 융기한 고생계古生界 지층이다. 여기는 일본 열도가 최초로 떠오른 땅이다. 영원히 거주할 땅을 구하려면 될수록 오래된 지층으로 이루어진 토지를 선택하는 것이 좋을 터.

"사물은 존재하는 것이 아니라 구성되어 있는 것이다."
－헤라클레이토스(고대 그리스 철학자)

10년쯤 전에 한계집락限界集落이라는 것이 사회문제로 떠올랐다. 산간 지역의 소집락 인구가 급격히 줄고 최고령화하여 공동체의 기능을 상실하려고 하는 것. 이것이 한계집락이다.

유럽의 산골 마을은 제1차 세계대전 때 한계집락화되었다. 젊은이가 전쟁터로 내몰린 것이다. 전쟁이 끝나도 젊은이는 마을로 돌아오지 않았다. 마을은 더욱 저출산 고령화가 진행되고 공동체는 존망의 위기에 내몰렸다.

그러나 산골 마을은 기적적으로 부흥을 이루었다. 도시에서 텅빈 마을로 젊은이가 이주해온 것이다. 동네 구석에 아이의 웃음소리가 돌아왔다. 도시에서 생활하던 사람들이 도시의 삶에 피로를 느끼고 시골로 내려왔다. 귀촌한 젊은이는 마을에 자연 생활의 기쁨과 도시의 세련된 문화를 가져다주었다. 고향을 떠났다가 돌아온 젊은이는 새로 유입된 사람들의 문화에 자극받아 고향의 훌륭함을 재발견했다. 지금 번영하는 유럽의 산촌 관광지는 그러한 시대적 배경을 바탕으로 성립했다. 대도시의 유별난 번영은 지금의 세태일 뿐 도시는 스스로 잉태한 자기모순 때문에 조만간 쇠퇴할 것이다.

일본에서도 한계집락 문제는 이미 해결되었다. 텅텅 빈 산간벽지에 영리한 젊은이가 소문도 없이 이주하고 있다. 포스트 한계집락은 희망에 가득 찬 신천지다. 그곳은 원래 아르카디아였다.

"옛날 인간은 도시라는 생활환경을 발명했다. 그렇지만 그때부터 인간은 어쩐지 그 생활환경에서 벗어나려고 여러 가지를 시도했다. 가장 좋은 방법은 그곳에서 도망치는 것이었다."
–셸던 앤더슨, 다부치 요시오 공저, 〈도보 여행 교서〉에서

추운 산속에 사는 기쁨 중 하나는 봄이 어떻게 오는지 관찰하는 시간을 마음껏 누린다는 점이다.

3월은 미친 계절이다. 진흙의 계절이다. 눈이 녹는 동시에 지표면의 얼음이 녹지만 그 아래는 아직 얼어붙어 있다. 그래서 녹은 눈이나 얼음이 땅속으로 스며들지 않은 상태이기 때문에 지표면은 온통 질척거린다. 진흙의 계절은 반달 남짓 만에 끝난다. 땅속 얼음도 녹고 지표면은 마른다. 우엉과 참마를 캔다. 겨울을 난 그것들은 맛나다. 내 손으로 키운 채소를 먹는다는 안심이 겨울의 고됨을 잊게 해준다. 4월은 무스카리와 수선화가 핀다. 민들레가 잔디밭에 노란 페

인트를 흩뿌린다. 민들레꽃을 버터로 볶아 오믈렛에 넣는다. 민들레 오믈렛은 산속 4월에 먹는 전형적인 메뉴이다. 민들레꽃과 새순과 꽃봉오리는 샐러드에 넣어도 좋고 데쳐 먹어도 좋다.

5월 한산에는 매화와 벚꽃과 자두 꽃이 일제히 핀다. 자두 꽃 아래 서 있으면 감미로운 향기가 코끝을 스친다. 영하 20도의 겨울을 동고동락한 우리 꿀벌의 날갯짓 소리가 들려온다.

한산 5월의 봄은 매일 넘기는 달력과 같다. 낙엽송의 신록이 산맥을 에메랄드빛으로 물들인다. 마당의 사과나무가 꽃을 피운다. 아스파라거스가 세 끼 식탁에 등장한다. 표고버섯이 풍성하게 얼굴을 내민다. 일광욕실의 테이블은 표고버섯을 말리는 곳이다.

빌로오드재니등에가 호버링hovering하면서 민들레꽃의 꿀을 빨고 있다. 쇳빛부전나비가 햇빛을 흠뻑 즐긴다. 오늘 가련한 갈구리나비를 처음 봤다. 이제 곧 모시나비가 마당을 날아다니기 시작할 것이다.

사람은 오늘날 인간이나 인간이 만든 물건으로만 인생을 나누고 싶어 한다. 그것이 사람이 살아가는 길이라고 누구나 믿고 있다. 하지만 정말 그럴까? 나는 누가 어떻게 해서 어떻게 되었는지는 별로 관심이 없다. 그것보다 갈구리나비의 앞날개 끝에 있는 아름다운 곡선과 그것을 물들이는 노란 그림물감에 흥미를 느낀다.

우리 인생의 행복은 자연 가까이 머물면서 나비나 꽃, 호박과 아름다운 화음을 연주하는 것에 있다.

제
15
화

호모 페수스 다부치

정성이 깃든 가구는 백 년 이상이나 세습된다.
그런 가구를 만드는 정겨운 현장은 발전적으로 이어져야 한다.
왜냐하면 아주 작은 목공소라도 한 번 맥이 끊기면
재건하는 데 엄청난 경비와 노력이 필요하기 때문이다.

여름이 지나가려고 한다. 아침에 마당에 나가면 버켄birken 슬리퍼가 젖는다. 애리조나의 여름은 이제 끝이다. 보스턴 털신을 신는 계절이 되었다.

여름의 끝은 센티멘털하다. 지나간 계절이 마치 어제 일 같다. 꿈 같은 날날에 미련이 남는 것일까? 마당의 꿀벌은 변함이 없지만 제물낚시를 던지는 저물녘이 놀랄 만큼 빨라졌다.

그렇지만 가을바람이 불고, 하늘이 높아지고, 양떼구름이 몰려들면 마음은 새로운 계절의 페이지를 넘긴다.

"산은 가을! 가을이야말로 현자의 계절이다." 이런 생각이 들 것이다.

여름의 끝은 생각하기에 좋은 계절이지만 채마밭을 가꾸는 사람에게는 분주한 계절이다. 언제까지나 그곳에 있을 것 같은 마당의 야채…. 아내는 매일 유리병에 오이 피클을 담는다. 토마토퓌레를 만드는 것은 내 몫이다. 요리용 품종인 시실리안루즈를 올해는 30

그루 키웠다. 작년에는 여름까지 토마토를 다 먹어치웠다. 올해는 2홉들이 병 50개분의 토마토퓌레를 만들어야 한다.

계속 비가 내리는 8월이었다. 그래서 목공에 힘썼다. 그러느라고 채마밭에는 소홀했다. 수확의 여신인 케레스Ceres도 자못 걱정스러운 얼굴이다.

여름의 장맛비는 작물에 아주 나쁘다. 목이 칼칼하게 마르는 정도가 작물의 건강에는 좋다. 뿌리를 튼실하게 내린다. 그리고 가을비가 내리면 작물은 한꺼번에 성숙한다. '가뭄에 기근 없다'고 하는 까닭이 여기에 있다. 장마는 모든 것을 곰팡이처럼 만든다. 뿌리를 약하게 만든다. 올가을의 케레스는 미소를 짓지 못할 것이다. 쌀도 잘 나지 않을 것 같다. 걱정이다.

우리 마당은 해발 1420미터이다. 본격적인 채소 정원으로서는 우리 마당이 일본에서 가장 높은 곳에 있을지도 모른다. 꿀벌들의 식민지로서도 마찬가지다. 따라서 우리 추운 산속 꿀은 특별히 맛있다. 그 밀원이 높은 산에 핀 꽃이기 때문이다.

고랭지 작물은 장마의 영향을 비교적 받지 않는다. 고지대는 배수 상태가 좋다. 때로 이곳은 비구름을 뚫고 지나가는 높이이기 때문에 구름 사이에서 햇살이 비친다. 사람은 고랭지를 좋아하지 않는다. 왜냐고? 그곳이 외곽이기 때문이다. 외곽을 싫어하나요? 저지대에 있는 대도시가 세계의 중심인가요? 하지만 나의 스승 소로는 이렇게 썼다. "세계의 구원은 변경에 있다."

그렇다! 절대적으로 그렇다. 우리나라의 근본적인 미덕은 '변경'이 충분이 있다는 점이다. 넓지 않은 국토에 1억 2천만의 인구를 품고 있는 것 치고는 그렇다는 말이다. 험준한 산악과 미국과 동일한 길이의 해안선을 지닌 푸른 열도다. 험준한 산악과 깊은 습곡, 굽이치는 해변과 섬들…. 그곳에는 풍부한 변경이 있다. 우리는 그곳에 살며 신선놀음을 해도 잡혀가지 않는다.

샌프란시스코에서 나리타로 향하는 비행기 안에서 차례를 지내기 위해 고향으로 돌아오는 한국 아저씨와 옆자리에 앉은 적이 있다. 세상 이야기를 했다. 아저씨는 한국의 도시화를 우려했다.

"하지만 한국의 시골은 한가하고 조용하겠지요?" 내가 물었다.

"그렇지도 않소. 한국에는 시골이나 변경 같은 곳이 없거든." 아저씨는 그 점을 한탄했다.

내 서재는 꽤 멋지다. 창호도 가구도 고급스럽다. 일단은 글쓰기가 본업이니까. 서재는 최상의 작업장이다. 그렇다면 도시 작가의 서재는 알고도 남는다. 내 서재는 숲에서 사는 시인의 서재다. 그러므로 이 방은 다른 사람에게는 비밀로 감춘다.

어느 이해심 넘치는 건축가가 네 평, 다다미 여덟 장의 이 서재를 칭찬해주었다. 나도 이 방이 퍽 마음에 든다. 창가 너머 보이는 경치는 냉온대 낙엽활엽수 숲이다. 자작나무의 하얀 몸통이 푸르른 색깔에 악센트를 준다.

그러나 나는 이 방에 없다. 나는 글 쓰는 사람이다. 그러나 억지로 하잘것없는 글은 쓰고 싶지 않다. 피곤할 뿐이다. 많이 쓰는 것이 작가의 할 일이지만, 누구에게나 소중한 참된 지성을 쓰는 작가는 많지 않은 것 같다. 숲과 산과 뜰과 목공 공방이 내 서재다.

참된 지성이란 이런 것이다. 올여름 무슨 까닭인지 검은 티셔츠가 유행했다. 여름인데도 검은 티셔츠를 입은 여성이 눈에 띄었다. 우리 동네에도 검은 티셔츠가 도착했다. 어느 날 벌집을 검사했을 때 벌이 나를 따라왔다. "거 참, 이상하군. 올해는 벌이 얌전한데 말이야." 이렇게 생각했다. 며칠 뒤 벌집 상자 뚜껑을 열어 검사했다. 돌아오는 길에 또 벌이 쫓아와 머리 위를 붕붕 날아다닌다. "대체 무슨 일이지?" 이상한 생각이 종일 마음 한구석을 차지했다. 날이 저물고 목욕탕에 들어가려고 티셔츠를 벗었다. 그때 번뜩 생각났다. "저런, 내가 오늘 검은 티셔츠를 입고 있었구나!"

곰은 꿀벌의 천적이다. 곰돌이 푸가 그러하듯 벌꿀은 곰이 아주 좋아한다. 산에 사는 양봉가가 가장 두려워하는 존재가 곰이다.

양봉가는 검은 옷을 입지 않는다. 벌이 곰으로 인식하기 때문이다. 지식으로는 알고 있었다. 그러나 그것은 단순한 정보에 지나지 않았다. 검은 티셔츠를 입고 꿀벌 친구에게 쫓기는 체험을 통해 그 정보는 참된 지성이 되었다.

여름이 오면 매년 소풍 가는 학생이 말벌에 쏘였다는 뉴스가 나온다. 벌에 쏘인 아이는 어떤 색 옷을 입고 있었는지를 다루어야 한다. 말벌도 곰이 천적일 것이다. 그러고 보면 말벌을 피하는 방어복은 새하얗다.

여름 의복은 시원한 흰색일수록 좋다. 의복은 계절이나 자연에 가까이 다가가는 것일수록 좋다. 기성복 디자이너는 자연을 잘 이해하는 사람이어야 한다.

말벌은 곰보다 무섭다. 말벌이 가까이 다가오면 일부러 모른 체해야 한다. 쫓아내려고 하니까 벌이 공격하는 것이다.

자유는 통치자가 가져다주는 것이 아니다. 자유는 부조리한 위정에 반항함으로써 쟁취할 수 있다. 자유는 저항의 역사다.

목공을 좋아한다. 좋아하기 때문에 목공을 즐긴다. 나무의 단단함과 부드러운 느낌은 사람에게 넉넉하다. 잘 만들어진 대패로 의자의 앉는 면을 완성하고 있자면 시간 가는 줄 모른다. 내가 목공을 하는 까닭은 그것이 본능이기 때문이다. 다부치는 나무를 깎는 것을 좋아하는 아이였다. 그러나 이 본능에 눈뜬 것은 변경에서 살기 시작한 다음이었다.

좋아하기 때문에 목공을 한다. 하지만 지금은 자유를 쟁취하기 위해 목공을 한다. 이 산속에서 살아가기 위한 자유를 지속시키기 위해 목공에 전념한다. 나는 구속당하지 않는 자유freedom를 위해서, 속박에서 풀려난 자유liberty를 위해서 의자를 만든다.

여러분보다 조금 더 오래 살았기 때문에 몇 번이나 다시 말한다. 어떤 인생도 순탄하지 않다. 돈이 많은 부자든 나처럼 소득이 낮은 자든 그렇다. 사람은 싫증내기 쉽기 때문이다. 시대나 문명이나 문화도 그렇다. 사람은 그것을 시대의 변천이라고도 하고, 진보나 진화라고도 한다. 인간이 학명은 '호모 사피엔스Homo sapiens=지혜로운 사람'인데 이 명명은 잘못이다. 지혜로운 사람은 전쟁 따위 저지르지 않는다. 현존 인류의 학명은 '호모 페수스 다부치Homo fessus Tabuchi'가 옳다는 것이 내 학설이다. 'fessus'는 '지치다', '피곤하다'는 뜻의 라틴어다. 우리는 싫증내기 쉬운 인간의 후예다.

성인이나 철학자는 싫증내지 않는 사람을 가리킨다. 위인이나 성공한 사람도 그렇다. 도쿄 대학 법학부를 졸업한 변호사는 육법전서라는 악서惡書를 싫증내는 법 없이 계속 읽을 수 있는 사람이다. 부자란 돈벌이에 싫증내지 않는 사람이며, 또 인색한 사람의 다른 이름이다.

인생의 복잡함, 고달픔, 시대나 문명의 변천은 대체로 싫증내기 쉬운 인간의 성격에서 기인한다. 그러면 이렇게 싫증내기 쉽다는 골칫덩어리에 대항하기 위해서는 어떻게 하면 좋을 것인가?

'싫증내는 성격'의 밑바탕에는 어떤 성향이 있을까를 생각해보았다. 그것은 '재미가 없어진다'는 느낌이 아닐까? 고급 흰 살 생선을 계속 먹다 보면 등 푸른 생선인 정어리가 먹고 싶어진다. 흰쌀밥을 계속 먹다 보면 갑자기 "이제부터 유기농 현미든 잡곡이든 마크로바이오틱macrobiotic(자연 건강식)이 최고야!" 하고 외치는 사람이 있다. 먹는 것도 그렇다. 육식에 질렸다는 말은 쇠고기가 재미없는 음식이 되었다는 뜻이다.

싫증난다는 리스크를 심각하게 생각하지 말아야 한다. 재미가 없어지면 없어지는 대로 "흥, 이제는 질렸어", "나도 그래" 하고 정직하게 말하자. 우리는 호모 사피엔스이니까. 우리는 싫증내기 쉬운 포유류니까.

노동조합이 싫어지면 독립해서 개인 사업자가 되자. 도시생활이 재미없어지면 변경으로 떠나자. 모니터 스크린에 질렸다면 컴퓨터도 스마트폰도 부숴 버리자. 어딘가 변경에 햇볕이 드는 토지를 찾아 당근 씨를 뿌리자. 매일 그 곁에 쭈그리고 앉아 당근이 성장하는 모습을 지켜보자. 가을이 되면 당근을 뽑아 날것으로 우적우적 씹어 먹자.

부끄럽지만 나는 휴대전화를 가진 적이 없다. 필요성을 느끼지 못한다. 그렇지만 여행을 떠난 곳에서 불편을 느낀 적은 있다. 지난해 여름에 아즈미노安曇野에 사는 친구가 찾아왔다. 아즈미노는 길이 바둑판 모양이라 헤매기 쉽다. 길가에서 풀을 깎고 있는 아저씨에게 "이 근처에 공중전화 없습니까?" 하고 물었다. 그러자 그는 이렇게 대답했다. "휴대전화도 안 갖고 있소?" 음, 그렇지만 신선이라면 그런 말에 상처입지 않는다. "네, 없습니다." 난 웃으면서 대꾸했다.

도시의 거리는 현기증 난다. 세계는 빙글빙글 회전하고 있다. 거리로 나가라. 거리에 싫증나면 거리에서 도망쳐라. 세계는 현기증 난다. 도시의 거리를 빠져나가라. 나는 도쿄에서 태어나 38년 동안 여기에 살았다. 이 동네가 좋아졌다. 하지만 거리에는 자유가 없다.

잡목림이 없다. 켜켜이 쌓인 이끼 낀 숲이 없다. 들꽃이 없다.

여러분, 도시의 거리가 재미있는가? 거리는 편리하다. 산속 생활이란 적막하다. 이곳에는 외식 서비스가 전혀 없다. 외식 배달은 대단하다. 초밥 식당에 전화를 걸기만 하면 눈 깜짝할 사이에 초밥이 도착한다. 배달은 비싸다고 말할 것이 못된다.

정권이 우리에게 스스로 종언을 고하는 법은 없다. 주식 상장 기업이 그러하듯 분식 결산을 반복한 끝에 하나의 정권이 끝난다. 나라의 빚 1천조 엔. 매년 30조 엔씩 불어나는 빚. 이 이상의 경제 발전은 있을 수 없다. 아베노믹스는 문어발 경제. 어떻게 축소 경제로 키를 돌릴지 다들 함께 생각하자. 생각건대 엔고円高, 디플레이션이 일단 우리 서민의 행복.

자본주의가 최후를 맞이하고 있다. 영리하고 정직한 경제학자는 '자본주의의 종언'이라는 말을 입에 담는다. 종언이란 '임종'을 뜻한다. 자본주의란 자본가가 노동자에게서 가능하면 노동력을 값싼 상품으로 사들여 돈이 되는 상품을 생산해 이윤을 얻는 경제 구조를 말한다.

우리는 자본주의에 질리고 또 질렸다. 재미가 하나도 없다. 농담이라도 괜찮으니까 누군가 웃음 지을 수 있는 포스트 자본주의의 비전을 이야기해 달라. 웃는 철학자나 혁명가가 필요하다. 경제학자에게 고한다. 동네 할머니 경제학에 귀를 기울여라.

자연생활을 해보면 이코노미와 이콜러지가 같은 뜻이라는 것을 이해할 수 있다. 자연의 경제학을 거스르는 경제 활동은 어리석다. 아직 약육강식 적자생존이라고요? '공손'이 자연계의 보편적 진실이다. 진화의 상대어는 퇴화라고? 퇴화를 '퇴행적 진화'라고 보는 상상력이 지금 의문시되고 있다.

더욱 먼 곳으로…. 더욱 고립무원이도록, 더욱 불편하도록, 더욱 단순하도록, 더욱 자급자족적이도록, 더욱 가난하도록, 더욱 무명이도록….

그리하여 더욱 풍요하도록.

새는 영광의 파충류! 하늘을 나는 새는 모험을 즐기는 생물이다. 고귀하고 독립적인 존재다. 고운 소리로 노래할 수 있는 새는 자연계의 시인이다. 새는 아름답다. 아름다운 것은 올바르다. 그러나 새의 부리와 다리와 발은 공룡의 것 그대로다. 퇴행적 진화를 이룬 공룡이 새가 되었다.

시조새라고 불리는 아르카이옵테릭스Archaeopteryx는 백악기에 번성한 대형 공룡 반룡盤竜(펠리코사우루스)에서 갈려나온 것으로 쥐라기에 탄생했다. 아르카이옵테릭스는 양치식물로 뒤덮인 늪지 삼림에서 곤충과 열매를 먹고 살았다. 까마귀 정도의 크기로 파충류와 조류 양쪽의 성질을 겸비했다.

경이로운 적응과 확산을 이루면서 번성한 공룡은 백악기 말기에 절멸했다. 그 이유는 지금도 모른다. 여러 가설이 있지만 내 생각에는 '분사糞死(똥으로 인한 죽음)의 절멸'이었다. 거대한 것은 추하다. 추한 것은 올바르기 어렵다. 시조새가 그러했듯 소형 공룡도 많았다. 뱀이나 도마뱀이나 악어의 조상이 그것이다. 그러나 거대한 공룡은 자연 선택을 무시하고 거대해졌다. 자연 선택이란 생존에 가장 적당한 동물이 남는 것을 말한다.

대형 공룡은 지나치게 거대했기 때문에 자연환경에 적대적이었다. 그들과 그녀들의 분뇨는 얼마나 거대했을까? 그들의 분뇨는 분해와 생성을 거쳐 흙으로 돌아갈 틈도 없이 주위에 흘러넘쳤다. 그것은 악성 전염병의 온상이 되었고, 대형 파충류는 절멸의 길로 접어들었다.

인류는 공룡과 비슷하다. 인간 이외의 동물은 진화라는 느릿한 과정을 거쳐 변화하면서 환경에 적응해간다. 그러나 인류는 자신들의 사정에 맞추어 환경을 바꾸었다. 인류는 유전자의 힘이나 진화나 자연 선택과는 관계없이 살아가며 비정상적으로 번식했다. 우리는 지금 이 지구가 1년 동안 생산하는 양의 두 배를 소비한다. 우리는 지금 이 지구가 3백만 년이나 걸려 생성해온 석유를 단 1년 만에 다 써버리고 있다. 우리 국토에는 갈 곳 없는 고수위의 방사능 폐기물이 25만 톤 이상 있을 뿐 아니라 지금 이 순간에도 증가하고 있다.

이 세상은 지금 인류로 넘쳐난다. 그리고 인류의 폐기물로 대지도 하늘도 강도 호수도 늪도 바다도 추하게 오염되었다. 인류는 지금 스스로 엄격하게 인구 조절을 결단하지 않으면 생존이 불안해질 지경이다. 그러나 자본주의는 그 일을 할 수 없다. 인구 감소는 자신들의 이익 감소를 의미하고 자기부정이 되기 때문이다.

인류는 조만간 거대 공룡 절멸과 똑같은 길을 걸을 것이다. 다른 한편으로 '그런 생각은 좋지 않아! 그건 기독교적인 종말론이야. 종말론이 있기 때문에 지금 종말의 세계를 연출해온 거야' 하는 생각을 한다. 자연계의 원리 원칙은 '공존'으로 성립한다. 이 추운 산에서 30년 이상 자연 생활을 해보면 절실하게 그렇게 느낀다. "자연의 구성 요소, 자연의 경제학에 등을 돌리는 사람의 경제 활동은 어리석다."

자본주의의 종언이라는 말이 세간에 떠돌기 시작했다. 그러면 포스트 자본주의는 사회주의일까? 앵무새처럼 흉내 내는 이런 말은 이미 화석이나 마찬가지다. 이데올로기에 이데올로기를 맞부딪혀본들 결과는 아무짝에도 쓸데없을 뿐이다. 나의 비전은 '퇴행적 진화론'이다. 퇴화를 퇴행적 진화라고 파악하는 상상력이 지금 의문시되고 있다. 사람은 '진화'에만 마음을 빼앗겨왔다. 그러나 진화의 상대어인 '퇴화'에는 둔감했다. 퇴화란 한마디로 말하면 '단순화'라고 할 수 있다.

헨리 데이비드 소로는 〈월든〉에 이렇게 썼다.

> "간소하게 살라. 오직 간소하게. 필요하다면 하루 세 끼를 한 끼로 줄여라. 진수성찬 대신 다섯 접시로 줄여라. 다른 것도 마찬가지로 적게 줄여라."

퇴화란 단순함Simplicity을 가리키는 말이다.

더욱 단순하게, 더욱 변경으로, 더욱 자급자족으로, 더욱 고립무원으로, 더욱 적은 수입으로…. 그러나 더욱 풍요롭게.

지금 우리가 진화라고 생각하는 길은 진행적 퇴화다. 퇴화는 싫을 것이다. 어쩐지 볼품없고 인류의 자존심을 깎아내린다. 따라서 포스트 자본주의의 비전은 퇴행적 진화다. 퇴행적으로 진화하자. 철학적이고 멋있지 않은가. 우리는 새가 되자.

가을은 들국화의 계절이다. 뜰에도 길가에도 들국화가 한창 피어 있다. 들국화를 손으로 꺾어 여름에 마신 주스의 빈 병에 꽂는다. 그것을 가난한 식탁에 놓는다. 그때 사람은 스스로 자신을 축복하는 것이다.

타인의 시선 속에 자신을 놓으려고 하지 마라. 낭만적이 되어라. 시대나 사람이 어떠하든 낭만적인 것은 자기답게 자유롭게 살아가기 위한 힘이 된다.

2017년 한산 9월 들국화의 계절에
다부치 요시오, 숲에서 생활하다

다부치
요시오,

숲에서
생활하다

1판 1쇄 발행 2018년 12월 13일

지은이 | 다부치 요시오
옮긴이 | 김경원
펴낸이 | 이동희
발행인 | (주)에이지이십일

출판등록 | 제2010-000249호(2004. 1. 20)
주소 | 서울시 마포구 성미산로 2길 33 202호 (03996)
전화 | 02-6933-6500, 팩스 | 02-6933-6505
홈페이지 | www.eiji21.com
이메일 | book@eiji21.com
ISBN | 978-89-98342-45-6 (03830)